신동엽과 한국문학
신동엽 문학의 원전확정을 통한 1960년대 문화지적도 구축

이 책은 2011년도 한국문화예술위원회의 문화예술진흥기금 지원을 받아 출판되었음.

전경인 어문연구 ❷

신동엽과 한국문학

신동엽 문학의 원전확정을 통한 1960년대 문화지적도 구축

신동엽학회

역락

이미 앞서 있는 문학정신

┃구중서 _ 신동엽학회 회장┃

지난 12월 26일 한국작가회의가 임진각에서 시작해 제주도 강정마을까지 걷는 평화와 생명의 행진을 시작했다. 그 자리에서 우선 내 마음에 떠오르는 것은 신동엽 시인의 「껍데기는 가라」였다.

> 껍데기는 가라.
> 한라에서 백두까지
> 향그러운 흙가슴만 남고
> 그, 모오든 쇠붙이는 가라.

어려운 일이 있을 때 새로이 희망을 가지려 할 때, 불현듯 떠오르는 것이 신동엽의 시이다.

생각이 못 미치는 사람이 어떤 지면에서 「시인은 죽었다」는 제목으로 글을 쓴 것을 본 적이 있다. 근래 한국 시단에서 보면 많은 시들이 말초적이고 허무주의적인 것을 본다. 이러한 현상을 본 사람이 시인은 죽었다고 했을 것이다.

그러나 인간본성으로부터 솟구치는 생명의 외침이라든가 진실의 힘이 그대로 훌륭한 시가 되는 일이 이 세상에서 그치게 되는 일은 없다. 한국 현대시의 역사 안에서 보더라도 작고한 신동엽의 시는 그 원천적인 작동을 지속하고 있다.

신동엽은 4·19의 민주정신과 동학의 민중의식을 노래했다. 그러나 그 시들은 거친 외침이 아니고 편향적인 소영웅주의가 아니었다. 신동엽은 "큰 나라를 다스리는 일도 작은 생선을 굽듯이 조심해야 한다"고 했다. 고부 관아를 쳐들어가는 동학 농민군의 대열은 조용히 바람처럼 스며들었다. 4·19 날의 감격은 검은 구름장을 찢고 푸른 하늘에서 영원의 얼굴을 보았다고 했다.

지금 이 사회가 머리를 짜서 내놓는 주장으로 쇄신이니 복지니 하는 것들이 있다. 신동엽이 1960년대에 쓴 시 「산문시·1」에 이미 다 들어 있었다. 퇴근하는 광부의 뒷주머니에 기름 묻은 철학서가 꽂혀 있다. 석양녘 대통령이라고 하는 직함을 가진 신사가 자전거 꽁무니에 막걸리 병을 싣고 삼십 리 시골길 시인의 집으로 놀러가는 장면이 나온다. 이보다 더 선진적인 문화 사회가 어디에 있는가.

"좋은 언어로 이 세상을 / 채워야 해요." 신동엽의 시 「좋은 언어」의 이 보편적 가치를 알아듣지 못한다면 어떻게 시를 쓸 수 있는가. 어떻게 문학을 할 수 있는가.

전인적 삶의 전경인적 작업을 밀고 가는 문학이 있는 한 한국문학의 내일은 열려 있다.

제 1 부
신동엽 시집 『아사녀』 연구

| 김란희 |

'아사녀(阿斯女)'−사랑과 혁명의 주체

| 홍승희 |

1960년대 문화와 시적 의인화
−신동엽의 「阿斯女」를 중심으로

| 김응교 |

시집 『아사녀』와 '낙지발'

자료 : 신동엽 시집 『아사녀』 원문 자료

'아사녀(阿斯女)'—사랑과 혁명의 주체

김 란 희*

01 │ 시와 사랑과 혁명

> 내 일생을 詩로 장식해보았으면.
> 내 일생을 사랑으로 채워보았으면.
> 내 일생을 革命으로 불질러 봤으면.
> 세월은 흐른다. 그렇다고 서둘고 싶지는 않다.
>
> 「서둘고 싶지 않다」(〈동아일보〉, 1962. 6. 5) 부분

일찍이 신동엽은 「서둘고 싶지 않다」(〈동아일보〉, 1962. 6. 5)에서 위와 같은 구절을 언급한 바 있다. 시와 사랑과 혁명을 언급하면서도, "그렇다고 서둘고 싶지는 않다"라는 그의 말은 시와 사랑과 혁명의 속성이 찰나적이고 불꽃과 같은 짧은 생명력을 가진 것이라는 것에

---

* 서강대학교

기대어 볼 때, 일견 모순되어 보인다. 그러나 이 글을 쓴 시점이 4·
19 혁명이 미완으로 끝나고 강력한 파쇼집단인 5·16 군사정부가
들어선 때라는 점을 고려해본다면, 신동엽이 언급한 시와 사랑과
혁명은 역사상 많은 이들이 순간의 불꽃, 혹은 열정, 일회적 사건
으로 바라보는 것과는 다른 차원에서 사유되고 있었음의 단서를 잡
아낼 수 있다. 즉 흐르는 세월 속에서 서둘지 않으면서도 일생을
'시'로 장식하고, '사랑'으로 채워보고, '혁명'으로 불질러보고 싶다
는 소망을 드러낸 것이다. 이것이 의미하는 바는 무엇일까?

　신동엽의 시 세계에 대한 기존 평자들의 언급을 일괄해보자면,
"강인한 참여의식이 깔려있고 시적 경제를 할 줄 아는 기술이 있
고, 세계적 발언을 할 줄 아는 지성이 숨쉬고 있고, 죽음의 음악이
울리고 있다. (…중략…) 50년대 모더니즘의 해독을 너무 안 받은 사
람 중의 한 사람"[1]이라는 김수영의 평가 이래로 "신동엽의 시는
이 땅에 사는 사람들에 대한 깊은 신뢰와 사랑, 앞날을 꿰뚫어보는
예리한 안목에 바탕하고 있다.",[2] "4·19 혁명에 의해 시작된 역사
적, 문학적 과업이 바로 오늘의 과제라고 볼 때, 신동엽은 민족문
학의 중심부에 자리잡은 시인만이 가질 수 있는 통찰력과 표현으로
써 우리의 시대적 과제를 제시한 작가이다.",[3] "신동엽의 시문학은
4월 혁명 이후 본격적으로 자리잡아간 민족문학의 새 지평을 개척
한 선구적 업적으로 평가하는 데 많은 평자들이 동의한다. 그리고
그의 문학이 이같은 평가를 받아야 할 이유는, 우리가 살고 있는

---

1) 김수영, 「참여시의 정리」, 『김수영 전집 2』, 민음사, 2004, 396쪽.
2) 신경림, 「역사의식과 순수언어」, 『민족시인 신동엽』, 소명출판, 1999, 36쪽.
3) 백낙청, 「민족문학의 현단계」, 『창작과비평』, 1975년 봄호.

분단시대 민족모순의 현실에 저항하면서 민족공동체의 동질성 회복과 그 삶의 전망을 민중적 관점에서 확신하면서 참여시를 썼다는 점, 그리고 그가 참여시인이기는 하지만 단순한 정치적인 시를 쓴 것이 아니라, 현대사회의 제반 문명이 내포하고 있는 허위적 가치를 전면 부정하고 인간의 원초적 생명의 실현을 정신적 기반으로 하는 참여시를 썼기 때문에 예술성과 사상성의 일치를 이룬 성과를 획득하고 있다."[4] 등의 논의로 이어진다. 평자들마다 다소간의 차별성은 존재하지만, 신동엽의 시를 평가하는 주된 키워드는 혁명과 저항, 역사성과 참여, 사랑과 생명의 실현으로 모아지고 있음을 살펴볼 수 있다.

이 글에서는 이러한 기존 논의의 연장선상에서 특별히 '사랑'과 '혁명'이라는 키워드를 중심으로 신동엽의 시세계를 다시 들여다보고자 한다. 위의 기존 논의에서 살펴본 바와 같이 신동엽 시에 나타난 혁명과 사랑은 따로 분리되어 존재하는 것이 아니라 사실은 긴밀히 연결되어 있다. 김우창은 이를 "연민과 분노의 상관관계"[5]로 보았는데, 이 글은 '사랑'(혹은 '연민')이라는 사적인 감정이 '혁명'(혹은 '분노')라는 정치적인 범주와 어떻게 조우하며, 공명될 수 있는가에 대한 하나의 작은 시론이 될 것이다. 이는 과거 1960년대 신동엽이 사유하고 실천했던 '시'와 '사랑'과 '혁명'을 오늘에 다시 반추해봄으로써, 오늘날 우리들의 사랑과 혁명은 어떻게 존재해야 하는가에 대한 질문이 되기도 할 것이다.

---

4) 강은교, 「신동엽 연구」, 『민족시인 신동엽』, 소명출판, 1999, 124~125쪽.
5) 김우창, 「신동엽의 금강에 대하여」, 『창작과비평』, 1968년 봄호.

02 │ 사랑과 혁명의 교집합

신동엽이 4·19혁명 실패 이후 발표한 시 중에서 4·19 혁명을 직접적으로 다룬 「아사녀(阿斯女)」와 「아사녀(阿斯女)의 울리는 축고(祝鼓)」는 4월 혁명에 대한 신동엽의 인식을 구체적으로 살펴볼 수 있는 단서를 제공한다. 당시 많은 시인들은 4·19 혁명의 좌절을 노래하고 애도한 시들을 발표하였지만, 신동엽은 '아사녀(阿斯女)'6)라는 역사 속의 인물을 통해 4·19 혁명의 역사성과 현재성을 담은 시들을 발표하였다는 점에서 이 시편들은 주목을 요한다.

주지하다시피, 신동엽의 시에 등장한 '아사녀'는 아사달과 짝이 되는 사랑의 전형적인 인물이다. 아사달과 아사녀는 석가탑과 다보탑을 만들었던 석공과 그의 아내이다. 그러나 이들의 사랑이 순탄치만은 않았다. 석가탑과 다보탑을 만들기 위해 고향인 부여를 떠나 신라로 간 남편 아사달을 기다리다 못해 직접 찾으러 간 아사녀의 앞길에는 온갖 시련과 고통이 놓여 있었으며, 남편 아사달을 만나지 못하고 죽음에 이른다. 민족적인 감수성이 용해되어 있는 비극적인 사랑 이야기이지만, 이들의 사랑은 신동엽의 시에 신선한 상징성을 부여하며, 풍부한 의미체계를 형성하는 효과를 낳는다. 따라서 아사달과 아사녀의 사랑에는 역사의 질곡을 넘어 새로운 생명 세계로 도약하려는 의지와 자세가 담겨있다는 평가를 받기도 한다.7)

---

6) 여기서 언급하는 아사녀는 삼국유사에 나오는 아사달(백제의 석공)의 아내인 아사녀만을 의미하지는 않는다. 아사녀와 아사달을 둘 다 포함하는 백제의 인물이자, 더 나아가서 한반도에서 존재했던 역사적 인물의 상징성을 지닌 이름이라고 할 수 있다. 실제로 이들 시편에 등장하는 인물은 아사녀만이 아니라 아사달과 아사녀, 더 나아가 당대의 민중들도 함께 등장하여 다수의 발화자로 존재한다.

그렇다면, 아사달과 아사녀가 어떻게 4·19 혁명의 지속성을 언표하는 주체가 될 수 있는가? 사랑이라는 특성이 어떻게 혁명이라는 범주와 만나 교집합을 이룰 수 있는가? 알랭 바디우에 의하면, 사랑이란 '하나'가 아닌, '둘' 사이의 만남이다. '만남'이란 유아론적인 주체에서 벗어나 '둘'이라는 최초의 다수를 만들어낸다. 최초의 다수가 출현하는 지점, 그것이 바로 '만남'이라는 사건인 것이다.8) '만남' 이전의 세계가 동일자라는 중심을 통해 경험되는 세계였다면, '만남' 이후에 '둘'이 탐험하는 세계는 탈중심화된 관점에서 행하는 세계의 건설(construction)이다. 그 '둘'이 건설하는 세계가 바로 '사랑'인 것이다. 이러한 건설은 단순한 경험이 아니다. 사랑은 건설이자 '둘'의 관점에서 만들어지는 삶이다.9)

이 '둘'이라는 표현에 주목할 필요가 있다. 만남 이전에는 '둘'이 없었다. 타자와의 진정한 조우란 이러한 '둘'의 성립을 통해서 실현되는 것이다. '둘'의 세계는 '하나'의 세계와 전혀 다르다. 그 세계는 동일성이 아닌 차이를 통해 검토되고, 실천되고, 체험되는 세계이다. 사랑에 빠진 '둘'이라는 주체는 예전과는 다른 방식으로 세계를 탐험한다. 그 세계는 동일자의 관점에서 파악된 세계가 아니라 '둘'이 함께 바라보는 세계인 것이다. 따라서 바디우는 사랑을 '둘'의 관점에서 행하는 세계에 대한 탐색이라고 말하며 '둘의

---

7) 김창완, 『신동엽 시연구』, 시와 시학사, 1995, 190~191쪽.
8) 바디우의 철학에서 말하는 사건은 상황, 의견 및 제도화된 지식과는 '다른 것'을 도래시키는 것으로 우연적이며, 예측 불가능하고 나타나자마자 사라지는 잉여적 부가물을 가리킨다. 그래서 사건은 늘 돌발적이며 구조적 필연성과 어떤 인연도 맺지 않는다. (알랭 바디우 지음, 이종영 옮김, 『윤리학』, 동문선, 2001, 84쪽.)
9) 알랭 바디우, 조재룡 옮김, 『사랑예찬』, 길, 2010, 157쪽.

무대'라고 일컫기도 한다. 바로 이러한 건설의 과정 속에 고통이 찾아드는 것이다. 이전까지 자신을 중심으로 세계를 전유하던 각각은 이제 '둘'이 되어 '차이'의 프리즘을 거쳐 세상에 드러난다. 철저한 분리 속에 있던 두 성이 사랑 속에서 둘이 되어 세계를 건설하는 일은 결코 순조롭지 않을 것이기에 이 과정은 고통스러울 수밖에 없다. 만남 이후의 건설 과정에서 맞닥뜨린 고통과 충돌의 과정은 이 세상 그 누구에게도 고통스러울 것이다. 그러나 바로 이 지점에서 사랑이 하나의 진리로까지 격상된다는 것을 바디우 철학을 통해서 찾아볼 수 있다.

바디우의 철학적 담론이 다루는 사랑은 만남 자체보다는 만남 이후의 과정을 강조한다. 새로운 삶의 건설이라는 만남 이후의 과정을 지속하기 위해 필요한 것은 사랑에 대한 충실성이다. '둘'의 무대가 가져오는 고통과 충돌, 불확실성 등을 감수하고, 그것과 지속적으로 대면하는 것이야말로 사랑에 충실한 길인데, 이는 사랑이라는 하나의 우연한 사건에 대한 충실성을 통해 사랑의 주체가 되는 것을 말한다.10) 사랑에 대한 바디우의 이러한 입장은 그가 진리의 절차라고 명시하고 분류한 과학(수학), 시, 정치, 사랑의 네 가지 조건과 마찬가지로 사건, 선언, 그리고 충실성을 존재 조건으로 삼는다. 네 가지 조건 중에서도 특히 사랑과 정치가 동류의 것이 될 수 있는 것은 아마도, 사랑과 정치가 공통적으로 '하나' 이상의 둘, 혹은 다수의 '차이'를 인정하고 창조적인 것으로 변화시켜 나갈 수 있느냐의 문제를 제기하기 때문일 것이다.11) 이 지점에서 사랑과

---

10) 알랭 바디우, 위의 책, 159쪽.
11) 알랭 바디우, 앞의 책, 66쪽.

정치가 동류의 것이라는 사유가 탄생된다. 사랑의 주체가 사랑을 구성하는 개인들의 만족이 아니라 '둘'의 변화를 건설해나가는 것이라면, 이는 사적 소유의 욕구에 지배되지 않는 세계에 대한 사유, 자유롭고 평등한 세계에 대한 사유를 지향하는 정치적 혁명의 과정과 다를 바가 없기 때문이다.

신동엽 시에 나타난 아사녀·아사달의 사랑은 '사랑'이라는 우연성에 충실했던 두 사람의 모습을 담고 있을 뿐만 아니라, 신동엽이 그들의 사랑 이야기를 통해 도달하고자 했던 정치적 '선언'에 대한 충실성까지 동시에 보여준다.

아사녀
달이 뜨거든 제 얼굴을 보셔요
꽃이 피거든 제 입술을 느끼셔요
바람 불거든 제 속삭임 들으셔요
냇물 맑거든 제 눈물 만지셔요
높은 산 울창커든 제 앞가슴 생각하셔요

아사달
당신은 귀여운 나의 꽃송이
당신은 드높은 내 영원의 꿈
당신은 울다 돌아간 가여운 내 마음
당신은 내 예술 만발케 사랑 준 영감의 근원

아사달·아사녀
우리들은 헤어진 게 아녜요
우리들은 나뉘인 게 아녜요
우리들은 딴 세상 본 게 아녜요
우리들은 한우주 한천지 한바람 속에

같은 시간 먹으며 영원을 살아요
잠시 눈 깜박할 사이 모습은 다르지만
나중은 같은 공간 속에 살아요
꼭 같은 노래 부르며
한가지 허무 속에 영원을 살아요

오페레타 「석가탑」(1968) 부분

위의 시는 1968년 3월, 드라마 센터에서 상연된 오페레타 「석가탑」 제 5경의 장면을 노래한 것이다. 죽은 아사녀의 환영을 바라보며 아사달이 아사녀와 주고받는 대화 내용을 각각 독창과 이중창으로 처리한 것인데, '우리들은 나뉘인 게 아니고, 우리들은 딴 세상 본 게 아니며, 같은 시간 먹으며, 영원을 산다는 것'은 공간과 세계와 시간이 사랑에 부과하는 장애물들을 지속적으로 극복해나간다는 뜻일 것이다. 이는 "잠시 눈 깜박할 사이 모습은 다르지만"에서처럼, 서로 '다른' 모습을 한 '차이'로서 존재하는 개체들이 '같은 공간 속에서 꼭 같은 노래를 부르며 영원'을 살아가는 '둘'의 세계를 건설해나가는 과정인 것이다. 이 과정에서 사랑의 주체들은 동일성에서 벗어나게 되고 '차이'를 통해 새로운 것을 생산해내는 공통의 과제에 참여하게 된다. 사랑이라는 것이 처음에는 아무도 예측하지 못했던 우연적인 사건이었지만, 아사달과 아사녀는 그 사건에 대한 충실성을 통해 사랑의 주체로 탄생된 것이다.

이 사랑의 주체들은 자신들의 사랑을 초월적인 고립된 성 안에 가두어 둘 수 없다. 왜냐하면, 사랑이라는 것이 차이를 통해 검토, 실천, 탐험되는 세계의 건설이라면, 이는 현실 너머에 존재하는 것이 아니라 삶 속에서 살아 숨 쉬는 생산적 요소가 되어야 하기 때문이다. 따라서 아사달·아사녀가 영원한 사랑을 선언하고, 고통과 시련을 통해 그에 충실함으로써 구축한 사랑은 초월적이기보다는 내재적인 것이며, 그 세계에서는 모든 것이 평등할 것이고, 모든 생산이 새로울 것이기 때문에 이는 정치와 동류의 것이 될 수밖에 없다. 왜냐하면 정치라는 것도 결국은 '하나' 이상 다수의 평등과 자유를 창조해나가는 것일진대, 이 역시 기존의 상태로부터 벗어난 사건에의 충실성에 다름 아니기 때문이다. 이 지점에서 신동엽 시에 등장하는 '아사녀(阿斯女)'는 사랑과 정치, 사랑과 혁명의 교집합을 이룬다. 아사달과 아사녀가 고통과 시련, 심지어는 죽음까지도 감내하는 충실성을 통해 사랑을 늘 현재의 것으로 창조해나간 것처럼, 그들은 당대의 혁명적 사건에 대해서도 마찬가지의 모습을 보인다. 4·19 혁명에 대한 아사달·아사녀의 충실성은 그들이 사랑의 주체임과 동시에 혁명의 주체임을 여실히 보여준다.

여보세요 阿斯女. 당신이나 나나 사랑할 수 있는 길은 가차운데 가리워져 있었어요.
말해볼까요. 걷어치우는 거야요. 우리들의 포동 흰 알살을 덮은 두드러기며 딱지며 면사포며 낙지발들을 面刀질해버리는 거야요. 땅을 갈라놓고 색칠하고 있은 건 전혀 그 吸盤族들뿐의 탓이에요. 面刀질해버리는 거야요, 하고 濟州에서 豆滿까질 땅과 百姓의 웃음으로 채워버리면 되요.
누가 말리겠어요. 젊은 阿斯達들의 아름다운 피꽃으로 채워버리는데요.
그래서 과녁을 낮추자 얘기해왔던 거야요. 四月에 맞은 건 帽子, 帽子뿐 날라갔어요. 心腸이, 허지만 둥치가 성성하군요.
보세요 다시 떠들기 시작한 저 소리들. 五百年 붙어살던 宮殿은 그대로 무슨 청인가로 살아있어요. 잇달은 벼슬아치들의 中央塔에

의 行列이 곤두 서 볼만쿤요. 겨냥을 낮추자는 얘기에요. 帽子가 아
니라 겨드랑이 아니라 아랫도리를 뻴어야 되겠다는 거야요.

　비로소, 허면 두 코리아의 주인은 우리가 될 거야요. 미워할 사
람은 아무데도 없었어요. 그들끼리 실컷 미워하면 되는 거야요. 아
사녀와 아사달은 사랑하고 있었어요. 무슨 터도 무슨 堡蟲도 掃除해
버리세요. 창칼은 구워서 호미나 만들고요.
　담은 헐어서 土肥로나 뿌리세요.
　비로소 우리는 萬邦에 宣言하려는 거야요. 阿斯達 阿斯女의 나란
緩衝, 緩衝이노라고.

「주린 땅의 指導原理」(1963) 부분

　과거 「석가탑」에 등장한 비극적 사랑의 주체였던 아사달·아사
녀가 위의 시에서는 적극적인 혁명의 주체가 된다. 4월 혁명에도
불구하고 근본적으로 변한 것은 아무것도 없는 세상을 향해 자신들
의 포동한 '알살'을 덮은 온갖 장애물들("두드러기", "딱지", "면사포", "낙
지발")을 면도질해버려야 한다는 아사달과 아사녀의 대화는 많은 작
가들이 4·19 실패 이후 환멸과 증오의 서사로 가득 채울 무렵, 온
갖 '껍데기'들을 밀어버리는 혁명적 주체의 모습을 선명하게 보여
준다. 민중은 여전히 가난에 시달리고, "등덜미에 붙어사는 기생족
들의 귀족습성" 때문에 외세는 여전히 활개를 친다는 내용으로 이
어지는 이 시에서 아사녀·아사달은 그러한 흡반족(吸盤族)을 밀어내
지 못하고 모자만 떨어뜨리고 만 4월 혁명은 '다시 걷어치우는 것',
'면도질해버리는 것', '아사달의 아름다운 피꽃으로 채워버리는 것'
으로 다시 이루어져야 함을 노래한다. 그리하여 이 연인들은 절절
히 부르짖는다. 과녁을 낮춰 심장을 뚫어버리자고, 겨드랑이가 아

니라 아랫도리를 씻어내자고. 쇠붙이를 녹여 호미를 만들자고. 민족의 알살을 덮은 껍데기를 면도질하고 제주에서 두만까지 알맹이들끼리 입술 부비며 주인 되자고.

　사랑이라는 것이 '하나'가 아닌 '둘'에서 시작되어 세계를 경험하게 될 때 사랑은 '하나'의 개인적인 시선을 가득 채우는 무엇에 국한되는 대신, 이 세계가 이루어지고 탄생한 결과 존재하게 되는 그 무엇이다. 사랑은 언제나 세계의 탄생을 목격할 가능성을 내포하고 있는 것이다. 사랑은 세계의 법칙들에 의해서는 계산되거나 예측할 수 없는 하나의 사건이다. 존재할 이유를 갖지 않았던 무엇, 가능성처럼 주어지지 않았던 무엇을 존재하게 만드는 것이 바로 사랑이다. 사랑의 시작은 어떤 불가능성의 시작이며, 사랑을 지상에 도래케 하는, 초월성에서 내재성으로 이행케 하려는 이 의지는 바로 역사 속에서 존재해왔던 정치적 혁명과 닮은꼴을 형성한다.12) 그런 의미에서 '적의 모자가 아니라 심장을 뚫고, 창칼은 구워서 호미로나 만들고 담장은 헐어서 토비로나 만들어 아사녀·아사달의 완충지대'를 그려야 한다는 이 선언은 주어진 것이 최종적인 것이라고 보는 것을 거부하는 사랑하는 주체들의 선언이자, 주어진 상태를 거부하는 혁명적 주체들의 선언이기도 한 것이다.

---

12) 알랭 바디우, 앞의 책, 35쪽.

03 │ '아사녀(阿斯女)'—열정적이고 지속적인 사랑과 혁명의 주체

앞서 살펴보았듯이 사랑이 혁명과 교집합을 이룬다는 것은 무엇보다 이 둘의 속성이 우연이라는 특이성에서 보편적 가치를 지니는 한 요소로의 이행을 가능하게 하는 것에 있다. 여기서 보편적 가치라는 것은 모든 사랑이 '하나'가 아닌 '둘'이 되는 것과 연관된 새로운 경험을 제시한다는 것인데, 이는 서로 대면하면서, 서로가 서로를 경험하면서 삶의 근본적인 사건을 끈질기게 지속함으로써, 보편적인 의미를 생산하게 된다는 것을 뜻한다.

아사달·아사녀의 사랑이 하나의 사건에서 역사적인 보편성을 획득하기까지의 과정도 위와 다르지 않다. 서로가 그리워했지만, 끝내 이루지 못한 아사달·아사녀의 사랑은 역사 속에서 오랜 이별의 한을 뚫고 만날 수 있으리라는 '사랑가'를 낳게 된다. 이 '사랑가' 는 오래도록 기다려왔지만, 미처 실현되지 못한 사랑을 노래한 것이기에 그 누구의 노래보다도 처절하고 뜨거운 것이 된다. 또한 이 '사랑가' 속의 대상은 세상에 오염되지 않고, 병들지 않은 생명 본연의 아름다움을 간직한 연인이다.

> 눈동자를 보아라 좁아 희올리는 무지개빛 허울의 눈부심에
> 넋 빼앗기지 말고
> 철따라 푸짐히 두레를 먹던 정자나무 마을로 돌아가자 미끈
> 덩한 기생충의 생리와 허식에 인이 배기기 전으로 눈빛 아침처
> 럼 빛나던 우리들의 故鄕 병들지 않은 젊음으로 가자꾸나.

「좁아」(1959) 부분

> 너의 눈동자엔

北扶餘 달빛
젖어 떨어지고,

조상쩍 사냥 다니던
太白줄기 옹달샘 물맛,
너의 입술에 담기어 있었지.

네 몸냥은 내 안에
보리밭과 함께
살아 움직이고,

맨 몸 채, 뙤약볕 아래
西海바다로 들어가던
넌 칡순 같은 짐승이었지.

「보리밭」(1968) 부분

五月의 사람밭에 피먹젖은 앙가슴
각가지 쏟아져 오면
우물가에 네 다리 던지던 所夫里 가시네
진주알 속 사내의 털보다 가을이 고일 것이고
(…중략…)
햇빛 퍼붓는 木化밭, 西海가의 무논에서
젖이 흐르는 주먹 팔 봄 포도밭에서
손 고운 흰 허리를 잃어버렸을 때
後三國의 遊民은 歷史를 건너 뛸 것이다.

하여 세상 없는 새벽길
꽃다운 불알 가리고 바위에 걸터앉아
배잠방이 속의 시원한 千萬年을 자랑할 것이다.

「蠻地의 音樂」(1970) 부분

'아사녀(阿斯女)'―사람과 혁명이 주체　23

사랑하는 여인을 잃어버린 아사달이 기억하고 있는 아사녀의 모습은 '미끈덩한 기생충의 생리와 허식이 배이기 전의 아침처럼 빛나는 것'이며, 연인의 몸은 '내 안에서 보리밭과 같이 살아 움직이는 칡순 짐승'처럼 생명력이 넘친다. 뿐만 아니라, '고운 손', '흰 허리'를 지닌 성적 욕망의 대상이다. 그러나 아사달은 '젖이 흐르는 주먹'을 잃어버리고 '꽃다운 불알'을 가린 채 불구의 세월을 지내면서 새벽길을 더듬고 있을 뿐이다. 잃어버린 연인에 대한 그리움은 강렬하지만, 이들의 사랑은 현재로 부활되지 않은 과거의 그림자인 것이다. 그래서 이들의 '사랑가'는 처절하고 뜨거우나, '하나'에 갇힌 노래로 그치고 만다. 이 '하나'의 '사랑가'가 다시 '둘'의 합창이 되기까지는 사실, 오랜 고통과 시련을 거쳐서야 가능한 것이었으며, 끝없이 사랑을 갈구하고 실천한 결과이기도 했다.

> 四月十九日, 그것은 우리들의 祖上이 우랄高原에서 풀을 뜯으며 陽달진 東南亞 하늘 고흔 半島에 移住오던 그날부터 三韓으로 百濟로 高麗로 흐르던 江물, 아름다운 치맛자락 매듭 고흔 흰 허리들의 줄기가 三·一의 하늘로 솟았다가 또 다시 오늘 우리들의 눈앞에 솟구쳐 오른 阿斯達 阿斯女의 몸부림, 빛나는 앙가슴과 물구비의 燦爛한 反抗이었다.

> 물러가라, 그렇게
> 쥐구멍을 찾으며
> 검불처럼 흩어져 歷史의 下水口 진창 속으로
> 흘러가버리렴아, 너는.
> 汚辱된 권세權勢 咀呪받을 이름 함께.

> 어느 누가 막을 것인가

太白줄기 고을고을마다 봄이 오면 피어나는
진달래·개나리·복사

알제리아 黑人村에서
카스피海 바닷가의 村아가씨 마을에서
아침 맑은 나라 거리와 거리
光化門 앞마당, 孝子洞 終點에서
怒濤처럼 일어난 이 새피 뿜는 불기둥의
抗拒……
沖天하는 自由에의 意志……

길어도 길어도 다함없는 샘물처럼
正義와 울분의 行列은
億劫을 두고 젊음의 뒤를 이을지어니

온갖 榮光은 햇빛과 함께,
소리치다 쓰러져간 어린 戰士의
아름다운 손등 위에 퍼부어지어라.

「아사녀」(1960) 부분

  아사달·아사녀의 사랑이 햇빛과 함께 세상에 전개되는 것은 그
들이 '몸부림과 빛나는 앙가슴', '물구비의 반항'으로 차오를 수 있
었기 때문이다. 따라서 그들의 사랑은 '길어도 길어도 다함없는 샘
물'처럼 역사의 지층 속에서 차오르는 지속적인 생명력을 확보한
다. 이러한 사랑은 '아름다운 치맛자락 매듭 고흔 흰 허리'를 그리
워하는 성적 욕망의 그것이기도 하지만, '분노처럼 일어난 새피 뿜
는 불기둥의 항거'라는 공통의 열정, '자유에의 의지'라는 공동체적
인 경험을 공유하는 열정이 된다. 따라서 이 '둘'의 사랑의 열정은

곧 혁명적 열정으로 전환되어 드러난다.

> 그렇지요, 좁기 때문이에요. 높아만 지세요, 온 누리 보일 거에
> 요. 雜踏 속 있으면 보이는 건 그것뿐이에요. 하늘 푸르러도 넌출
> 뿌리 속 헤어나기란 두 눈 먼 개미처럼 어려운 일일 거에요.
> (…중략…)
> 그렇지요, 좀더 높아보세요. 쏟아지는 햇빛 점깊은 하늘밭 부딪
> 칠 거예요, 하면 嶺 너머 들길 보세요. 전혀 잊혀진 그쪽 황무지에
> 서 노래치며 돋아나고 있을 쌨수 좋은 둥구나무 새끼들을 발견할
> 거예요. 힘이 있거든 그리로 가세요. 늦지 않아요
> 열린 이슬 아직 새벽 벌판이에요.

「힘이 있거든 그리로 가세요」(1961년) 부분

신동엽의 시에서 사랑과 혁명의 열정은 순간의 불꽃으로 사라지기보다는 끝없이 지속되고 영원한 시간을 갈망하는 지속성을 추구하는 것으로 드러난다. 그렇기 때문에 그의 시는 한편으로는 열정적이고 힘차지만, 한편으로는 그 사랑과 열정을 지속시키고자 하는 조심스러움과 조바심 또한 드러난다. 위의 시에서도 혁명의 실패를 좌절과 허무 속에 가두기보다는 '높아져'서 잡풀 속에서는 미처 보지 못할 '황무지에서 노래치며 돋아나고 있을 둥구나무 새끼'를 보라는 희망으로 혁명의 지속성을 추구하고 있다. '열린 이슬 아직 새벽 벌판'이라는 희망은 시련 자체를 사랑의 한 과정으로 받아들이고, 그를 통해 새로운 사랑을 창출하고자 하는 주체의 모습을 보여준다. 혁명의 과정에서 분출된 온갖 분노와 배신, 분열과 폭력도 시인이 추구하는 지속적인 사랑법 앞에서는 사랑을 실현하는 과정으로 수렴될 한낱 시련에 불과한 것이다.

아사달과 아사녀가 시련 속에서도 사랑을 지속하고자 하는 강한 욕망을 지녔던 것처럼, 『금강』의 신하늬와 인진아의 사랑 속에서 새로운 하늬가 태어나 역사가 지속되는 것처럼, 신동엽 시에서의 사랑과 혁명의 주체들은 열정적이면서도 끝없는 지속을 향해 나아간다. 그래서 "힘이 있거든 그리로 가세요. 늦지 않아요. 열린 이슬 아직 새벽 벌판이에요."라는 마지막 문장은 열정적이면서도 지속적인 사랑과 혁명의 주체가 추구하는 하나의 지향점을 보여준다. 아사달과 아사녀의 사랑이 우랄 고원에서, 삼한으로, 백제로, 고려로 면면히 흐르다가 『금강』이라는 서사시에 이르러서는 동학혁명의 정신으로 이어지고, 이것이 4·19혁명으로 이어지는 것처럼, 신동엽 시 속에서의 사랑과 혁명은 일회성과 순간성보다는 역사성과 지속성을 담보해낸다.

04 │ 사랑과 혁명의 재발명을 위하여

시와 사랑과 혁명에 일생을 불태우기를 꿈꾸면서 4월 혁명 이후에도 이에 대한 실천과 노력을 통해 시쓰기를 지속했던 신동엽. 그의 시를 통해 사랑과 혁명을 사유한다는 것은 단지 과거를 기념하거나, 이에 대한 찬양으로 기울기 위함은 아니다. 미완으로 끝난 4·19혁명을 민중의 변화, 발전의 씨앗, 알맹이로 전환시키고자 했던 그의 부단한 충실성을 반추해봄으로써 여전히 부당하고 폭력적인 오늘의 현실 앞에서 우리가 지향해나가야 할 사랑과 혁명을 사유하는 일이기도 하다. 사랑과 혁명의 가치가 역사 속의 골동품만도 못한 취급을 받지만, 이 역시 사랑과 혁명의 필요성에 대한 반증임을 고려한다면, 우리는 지금 여기서 다시금 사랑과 혁명을 재발명해야 하는 필요성을 느껴야만 한다.

'하나'가 아닌 '둘'의 차이에서 비롯된 세계의 경험을 수용해나가는 모든 사랑은 자기 고유의 방식으로 차이에 관한 새로운 진리를 생산해낸다는 바디우의 말처럼 진정한 사랑은 그 과정 자체가 정치적 혁명과 동류의 것이 된다. 사랑의 지속을 위해서는 늘 활동하는 상태에 있어야 하며, 주의해야 하고, 저 자신이나 타자와 함께 결집되어 있어야 한다, 즉 생각하고 행동하고 변형시켜야 하는 것인데, 이는 '하나'가 아닌 '둘', '다수'의 지속을 사유하는 것으로써, 정치와 깊은 연동관계를 지닐 수밖에 없는 것이다. 그렇다면, 우리 시대의 사랑과 혁명은 어떻게 재발명될 수 있는 것일까? 이 물음은 신동엽 시를 읽고 난 후 우리가 가져야 할 당연한 질문이자, 전망이 되어야 할 것이다. 적어도 사랑과 혁명을 추구라는 주체가 되고자 한다면 말이다.

1960년대 문화와 시적 의인화

신동엽의 「阿斯女」를 중심으로

홍 승 희*

01 | '아사녀' 읽기

우리의 이야기는 신라에 탑을 만들기 위해 떠난 남편을 찾는 백제 사람, 아사녀로부터 시작한다.[1] 아사녀는 아사달을 만나기 위해 오래도록 기다렸지만, 결국 못에 몸을 던져 죽고 만다. 아사달과 아사녀가 서로를 끊임없이 그리워하고 사랑했음에도 불구하고, 결국 만나지 못하고 죽었다는 것은 서양의 '로미오와 줄리엣'의 이야기에 견줄 만큼 가슴 아픈 일이다. 하지만 안타까운 사랑이었기에

---

* 서강대학교

[1] 『삼국사기』나 『삼국유사』에는 백제의 목공이나 석공이 절이나 탑을 건조하기 위해 신라로 많이 동원되었다는 기록이 있다. 1938년 7월에서 1939년 2월에 <동아일보>에 연재된 현진건의 『무영탑』에 아사달과 아사녀는 허구적 인물로 등장한다. 신동엽의 시의 아사달과 아사녀는 『무영탑』의 허구적 인물의 상황에 상응한다. 김준오, 『신동엽』, 건국대학교 출판부, 1997, 73~74쪽.

이들의 이야기는 오늘날까지 회자되고 있다. 과연 이들의 사랑은 세기를 뛰어넘을 만큼 특별한 요소가 있는 것인가, 그렇지 않다면 역사적 사건의 개입으로 인한 개인적인 불행에 그친 안타까운 현실이었나 하는 의구심이 생긴다.

아사달이 만드는 탑이 하루 빨리 완성되길 누구보다 기다리던 아사녀는 왜 조금 더 기다리지 않고 차가운 못에 빠진 것일까? 아사달에 대한 그리움의 크기가 너무 강렬해 더 이상 기다릴 수 없을 무렵, 못에 비친 탑의 그림자에서 아사달의 모습을 발견하고 착각 속에 물에 들어갔다면 아사녀는 우울증 상황에 있었다고 할 수 있다. 이는 현실 상황을 인지하지 못하고, 감정에 매여 있다가 벌어진 비극적인 상황으로 쉽게 해석이 가능하다. 아사달과 아사녀의 이야기가 오래도록 전승되는 측면에는 자신을 버리면서까지 상대방을 사랑하고 그리워한다는 일반적이지 않은 감정, 그러나 누구나 한번쯤은 꿈꾸는 이상적 사랑에 호소하는 이런 경향이 강할 것이다.

그러나 그녀가 상황 인식을 올바르게 하고 있었다면, 어떻게 생각해야 하는지 문제에 부딪힌다. 백제 사람이 신라라는 낯선 땅으로 와서 자신의 처지를 호소했음에도 불구하고 언제 이루어질지 알 수 없는, 기약 없는 기다림을 약속받게 되었을 때 갖게 되는 절망감, 무력감으로 인해 그녀는 스스로 죽음을 택한 것으로 볼 수 있지 않을까. 아사달과 아사녀라는 개별자들이 원하지 않는 상황이었음에도 불구하고, 이별할 수밖에 없었던 현실은 이들에게 어떤 역사적·사회적 명분에도 불구하고 폭력으로 다가올 뿐이다. 그리고 이러한 폭력에 대결하는 방식은 결국 아사녀의 자살이라는, 자신에게 행하는 가장 큰 폭력의 방식으로 마무리되어 안타까움을 더할 수 없이 드러내고 있다. 이러한 배경으로 인해 아사녀는 '폭력'과 '사랑'의 기표로 이 세계에 기억되고 있다.

신동엽은 시집을 『아사녀』라고 이름붙임으로 우리가 알고 있는 '아사달과 아사녀'의 이야기를 떠올리게 하고, 이들의 이루어지지 않은 사랑까지 기억하게 한다. 시집 『아사녀』[2]는 1963년 간행되었는데, 1959년 등단한 이후의 작품은 물론, 젊은 시절에 써두었던 작품까지 고르게 싣고 있다. 이를 돌이켜 보면, 6·25라는 전쟁 이후의 황폐한 시절에 뼈저리게 느꼈을 그리움, 이루어지지 않은 꿈, 기약 없는 기다림에 대한 이야기가 바로 '아사녀'의 모습으로 투영된 것이라 할 수 있다. 아사녀가 아사달을 기다리며 느꼈던 그 괴로움이, 신동엽 시에서 드러나는 안타까움과 한숨을 함께 숨 쉬고 있는 것이라 할 수 있다. 신동엽은 아사녀를 돌아보게 함으로 우리의 지나간 과거를 되돌아보고, 황무지 같은 세계임에도 불구하고 아직 꿈꾸어야 할, 기억되어야 할 사랑이 남아있다는 것을 보여주는 것이다. 이야기 속에 떠도는 아사녀는 폭력에 저항하는 방식으로 폭력의 형태를 취했다면, 오늘날 우리가 부딪히게 되는 폭력에 어떤 형식으로 응전해야 할지 그 자세를 보여주는 것은 바로 신동엽의 『아사녀』를 통해 가능한 일일 것이다.

구름이 가고 새 봄이 와도 허기진 平野, 낙지뿌리 와당은 선친들
의 움집뜰에 王朝ㅅ적 투가리 떼는 쏟아져 江을 이루고, 바다 밑 용

---

2) 신동엽의 『아사녀』 시집은 文學社에서 1963년 간행되었다. 이 시집은 3부로 나뉘어져 있는데, 1부는 서른 살의 고비를 넘으며 낳은 시 중에서, 2부는 定着生活을 하는 동안 쓰인 시 중에서 골랐다고 밝히고 있다. 3부는 1959년 조선일보 신춘문예작품으로 발표된 것인데 신문에 삭제되었던 20행을 보완해서 함께 실었다고 저자가 직접 밝혔다. 1부는 11편, 2부는 6편, 3부는 長詩 한 편이다.

트림 휘 올라 어제 우리들의 역사밭을 얼음꽃 피운 億千萬 돌창 떼
뿌리 세워 하늘로 反亂한다.

「阿斯女의 울리는 祝鼓」 부분

아사녀가 울리는 북소리는 '反亂'의 소리이다. 이는 하늘로 하여
금, 자연으로 하여금 '반란'을 일으키게 만드는 소리이다. 무엇에
대한 반란인가. 바로 새로운 세상이 도래했다고 믿었으나 여전히
허기진 평야, 역사를 여전히 변하지 않는 얼어붙은 곳으로 인식하
게 만드는 세상에 대한 반란일 것이다. 그러므로 아사녀의 북소리
는 잠들어 있는 민중을 깨우는 목소리이며, 우리가 지향해야 될 세
계를 바라보도록 만드는 나침반의 역할을 하고 있다. 북소리가 울
리는 한 우리는 굳어져 있는 것, 얼어붙은 것을 깨워 바다 밑에서
부터 용트림하고, 돌 밑에 깔려 있는 뿌리까지 세우도록 힘쓸 것이
다. 이것이 바로 세상의 흐름에 묻히지 않고, 자신의 목소리를 계
속해서 유지하는 방법이다.

그런데 여기에서 발화하는 자는 누구인가 하는 의문이 생긴다.
아사녀가 울리는 축복의 북소리, 우리가 지향해야 할 세계를 알려
주는 신비한 소리에 대해 들으라고, 반란하고 있는 자연을 보라고
이야기하는 이 목소리는 누구의 것인가. 이것은 언어와 구조의 체
계 너머에 존재하는 아사녀 내면의 소리일 것이다. 또한 '反亂'은
주어진 세계를 그대로 답습하려는 정체된 인식에 대한 반란이다.
그렇기 때문에 강을 이루고, 바다를 이룬 그 기초에서 하늘로 반란
의 기운이 솟아나는 것이다. 이러한 아사녀의 목소리는 역사적·사
회적 소외계층이었던 이들의, 60년대 국민의 대다수였던 농민들의

목소리를 대변한다고 할 수 있다. 이를 통해서 신동엽은 민족의 아픔과 문제를 끊임없이 고민하는 시인이라는 칭호를 얻는 타당한 근거를 얻게 된다.

신동엽의 『아사녀』는 당대의 현실을 보여주는 동시에 사랑을 지탱하는 다양한 인물 유형을 보여주고 있다. 이때 '아사녀'라는 인물은 전승되는 이야기 속 인물인 동시에 새로운 '아사녀'의 의미로 확대될 수 있는 의인화 비유(personification figure)[3]로 출현한다. 즉 '아사녀'는 다양한 여성인물로 호명될 때, '사랑'과 '폭력'의 기표로 의미를 구현하게 된다. 하지만 어디까지나 다양한 의미의 파편화를 보여주는 다중적 목소리의 근원은 '아사녀'일 것이다. 따라서 본고에서는 '아사녀'가 어떤 다양성을 통해 드러나고 있는지 살펴봄으로써, 60년대를 가로지르는 문화적 메시지를 읽을 수 있다고 본다. 그러므로 팩슨과 밀러의 의인화[4]에 관련된 논의를 토대로 하

---

3) 의인화 비유는 어떤 하나의 질량을 다른 어떤 것으로 물질적으로 번역하는 것이다.
  의인화 비유

$$personification'\ figure = \frac{personifier}{personified}$$

  두 번째 의인화는 첫 번째 의인화의 비유적 변형(modification)이다. James J. Paxson, *The poetics of personification*, Cambridge University Press, 1994, pp.39~40, p.161.

4) 본고에서 언급하는 의인화의 정의는 동물화(animification)·물화(reification)로 크게 구별되며 세부적인 사항으로 개념화(ideation)·지형화(topification)로 나눌 수 있다. 또한 은유적 의인화는 모든 범주에서 일어날 수 있는 것이므로 비유적 의인화를 구성하는 일반화된 수사의 용어집을 존재론적 범주들로 나누면 실체화(substantialization)·신인동형화(anthropomorphism)·의인화(personification)로 구분할 수 있다.
  동물화(animification) : 인간 행동자에서 동물, 추상적인 것, 비생명적 대상에서 동물로의 번역.
  물화(reification, pragmapeia) / 비인간화(dispersonification) : ① 개념화(ideation) : 사

여 신동엽의 『아사녀』를 자세하게 살펴보도록 하겠다.

02 │ '사랑'과 '폭력'의 포르피리오스 나무

두 가지 연계된 분류체계를 도표화하는 포르피리오스 나무 (prophyriana tree)[5]는 완성적이면서 동시에 부가적인 "존재론적 운명"

물, 인간 행동자에서 추상적 관념, 본질, 영혼, 세련된(난해한) 형태로의 번역 ②
지형화(topification) : 추상적인 것이 지리적 위치로 번역.
실체화(substantialization) : 비유적 책략을 포함하는데, 비유적 책략들은 무형적인 추상 개념에서 존재론적 범주의 요소로 번역되어 나타나는 문자 텍스트 안에 존재한다. 그렇지만 모든 비유적인 것이 변형되는 것은 아니다.
신인동형화(anthropomorphism) : 비인간적 질량에서 인간적 형태를 갖는 어떤 인물로의 비유적 번역
의인화(personificaiton, prosopopeia) : 비인간적 질량에서 언어를 사용할 수 있는 목소리, 얼굴을 소유하는 지각적 인간으로의 비유적 번역. Ibid., pp.42~43 참고.
5) 포르피리오스 나무는 존재론에 의해 만들어진 계층적인 구조이다. 이 나무는 아리스토텔레스의 카테고리를 소개하기 위해 3세기의 신플라톤주의자에 의해 만들어졌다. 인간을 위시한 모든 자연물은 각각 그 종을 결정짓는 원리를 그 내부에 간직하고 있는데, 이것이 바로 본성이다. 이런 본성에 입각해서 사물들의 위계적 질서를 보여주는 것이 이른바 "포르피리오스의 나무"로 알려진 도식인데, 여기서 우리는 아리스토텔레스의 세계는 모순율에 입각한 위계적인 자연 종들의 체계로 이루어졌음을 알 수 있다. 예컨대 인간은 바로 동물이라는 유에 속하면서, 이성이라는 차별적이며 본질적 속성, 즉 종차를 구비하고 있는 존재이다. 비평이론학회, 『비평』(2001년 겨울호), 생각의 나무, 2001 참조.

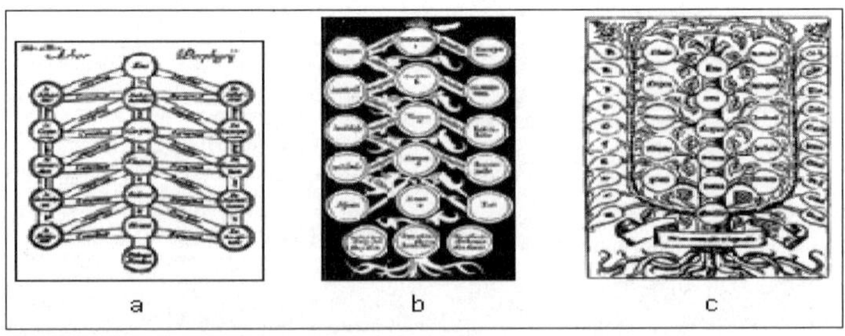

a   b   c

의 과정을 설명한다. 그러나 이러한 분류체계는 논리적인 측면에서 자신의 존재가 겹쳐질 때 자신의 의미를 무화(無化) 시켜버린다.6) 즉 『아사녀』 텍스트의 인물은 '아사달과 아사녀'의 '아사녀'를 전면에 내세우고 있으나, 텍스트 내부에서 발화되는 형상은 전해 내려오는 이야기의 '아사녀'와 다른 모습을 드러냄으로 인해 원래 가지고 있던 의미를 탈각시켜 버리는 효과를 가지게 된다. 즉 새로운 '아사녀'의 생성을 통해 '아사녀'의 의미를 새롭게 구축한다는 것이다.

> 六月의 하늘로 올라 보아라
> 푸른 가슴 턱 차도록 머리칼 날리며 늘메기 꿀 익는
> 六月의 산으로 올라 보아라.
>
> 六月의 하늘로 올라 보아라
> 벗겨진 산 골짝마다 산 열매 익고
> 개울 앞마다 머리 반짝이는 빛나는 彈皮의 山.
> 포푸라 늘어선 등성이마다
> 도마뱀 山洞里 끝
> 六月의 하늘로 올라 보이리.
> 바위를 굴려 보아라. 十三道 江山 가는 곳 마다 매미우는 마을.
> 무너진 토방 멀리 都市로 가는 반질 달은 나무 뿌리 흰 新作路를 달리어 보아라.

「阿斯女의 울리는 祝鼓」 부분

여기서 '보아라'라고 반복하여 외치고 있지만, 말하는 이의 얼굴이나 가면(prosopa)이 존재하지 않으며, 목소리 역시 '아사녀'가 다른 형상으로 변형된 모습이라고 하기는 어렵다. 그러므로 이 텍스

---

6) Ibid., pp.44~45.

트에서 언급되고 있는 내용은 6월의 모습을 묘사하고 있다고 할 수 있다. 이들을 정리해보면, '하늘-산-산 열매-포푸라 등성이-매미 우는 마을'로 묘사되는 정겨운 시골 고향의 모습을 열거한 것과 '벗겨진 산-탄피의 산-도마뱀 산동리 끝-바위-무너진 토방-신작로'라는 황폐한 지역의 모습을 동시에 볼 수 있다. 그런데 이렇게 상반된 묘사의 대상이 다른 곳이 아니라 동일한 장소라는 점에서 이 텍스트에서 묘사하는 장소를 포르피리오스의 나무로 그릴 수 있게 된다. '고향'이라는 동일한 지표에서, 아름답고 평화로운 고향의 모습과 파괴되어 황폐해진 고향의 모습을 '산'이라는 자연의 이미지를 중심으로 함께 연결시킬 수 있고, 또한 이를 '아사녀'라는 기표에서 상기되는 '사랑'과 '폭력'의 세계를 드러내는 것과 동일한 맥락으로 이야기할 수 있기 때문이다. 이렇게 『아사녀』에 실린 텍스트들은 일차적으로 이야기 속의 '아사녀'의 목소리를 들을 수 있는 '사랑'과 '폭력'의 세계를 연결해주는 포르피리오스의 나무 형태로 그려진다. 이는 다음 텍스트를 통해서도 확인이 가능하다.

> 길가엔 진달래 몇 뿌리
> 꽃 펴 있고,
> 바위 모서리엔
> 이름 모를 나비 하나
> 머물고 있었었어요
>
> 잔디 밭엔 長銃을 버려 던진 채
> 당신은
> 잠이 들었죠.
>
> 「진달래 山川」 부분

여기서는 '진달래 꽃, 바위, 나비'로 연결되는 자연의 평화로움과 더불어 '장총'이 등장함으로 폭력을 상징하는 도구가 함께 공존하고 있음을 확인할 수 있다. 이렇게 대립적인 의미를 구현하는 이미지들의 무한한 연쇄 속에서, 텍스트의 발화자는 누구인지 전면에 드러나지 않고 그저 목소리로만 등장한다. 앞에서 고향이 가진 푸근함과 동시에 현재의 황폐해진 모습을 이야기하는 것과 마찬가지로, 길가 잔디밭에 피어난 꽃과 이를 둘러싸고 날아다니는 나비를 통해 평화롭고 아름다운 자연의 모습을 묘사하는 것과 함께 장총을 던진 채 잠이 든 사람의 가장된 평화를 보여줌으로 인해 텍스트 자체에 '사랑'과 '폭력'의 기운이 함께 서려있음을 전달하고 있다. 그러므로 우리에게 환원되는 정체불명의 목소리는 '아사녀'의 목소리뿐이다. 이렇게 발화하는 목소리는 '아사녀'가 가지고 있는 '사랑'과 '폭력'이라는 기의를 다양한 이미지들을 통해 보여주고 있음을 확인시켜준다.

그런데 「阿斯女의 울리는 祝鼓」에서 반복되는 구절인 '六月의 하늘/ 산으로 올라 보아라'를 다시 상기해보면, 지형적으로 높은 곳으로 올라가서 내려다보라고 이야기하고 있음을 알 수 있다. 이는 하늘을 향해, 산으로 올랐을 때 알 수 있는 곳이며, 들을 수 있는 목소리인 셈이다. 바위를 굴렸을 때 알 수 있는 일이다. 즉 어떤 행위를 통해야만 확인할 수 있는 일이며, 깨우치게 된다는 것을 이야기하고 있다. 「진달래 山川」에서는 시어의 어미를 과거 시제를 사용함으로 이미 벌어졌던 일임을 암시하고 있다. 과거와 미래를 이야기하는 '아사녀'의 목소리는 곧 '아사녀'의 의인화적 인물화(characterization)[7]라고 할 수 있을 것이다. 따라서 일어난 모든 사건을 알고 있으며, 주체가 어떤 행위를 할 때 벌어지게 될 사건에 대해서도 짐작할 수 있는 위치에 존재하는 '예지자'의 모습으로 읽을 수 있다.

일차적 의인화의 모습으로 '아사녀'의 목소리를 통하여 '사랑'과 '폭력'의 포르피리오스의 나무를 그릴 수 있었던 유기적인 관계는 이차적 의인화의 모습인 '예지자'의 생성을 가능하게 하는 틀이었음을 확인시켜준다. 설화 속의 '아사녀'가 폭력적 시대의 억압에 적극적으로 저항하지 못하고, 죽음을 택한 것과 달리 신동엽의 '아사녀'는 예언자라는 새로운 의미의 '아사녀'를 구축한 셈이다. 이는 사회를 선도하는 인물이 필요함을 비유적으로 드러낸 것이라 할 수 있다. 신동엽이 시집의 끝에 蛇足으로 붙인 글에서, 서른의 고비를 넘기며 낳은 작품이라고 언명한 점에서도 의도를 확인할 수 있다. 1930년생인 그에게 삼십대의 시작은 4·19혁명과 5·16 군사정변으로 인해 정치적으로 혼란스러웠던 시기였다. 이때 필요한 것은 어지러움을 진정시켜줄 수 있는 진정한 지도자의 출현이었을 것이다. 이런 현실의 모습이 반영되어 '아사녀'는 예언자의 모습을 갖게 되었음을 쉽게 이해할 수 있게 된다.

---

7) 의인화적 인물화(characterization)는 실제적 인물들, 대상들 또는 우화의 물질적인 시-공간을 차지하거나 또는 서사적 텍스트의 이야기 층위를 차지하는 장소들의 내레이터적(narratorial) 창조 내에서의 수사를 특별히 의미한다. 힐리스 밀러 역시 의인화적 비유와 의인화적 인물화로 두 개의 의인화가 존재한다고 언급했다. Ibid., p.35.

이제 텍스트에 등장하는 세부적인 인물의 유형 자세히 살펴보도록 하자. 『아사녀』에서 줄기차게 등장하는 여성은 다양한 모습으로 형상화되어 나타난다. 이는 동네에서 함께 나고 자란 순박한 처녀일 때도 있고, 가난한 시골 아낙 혹은 할머니, 때로는 나의 모든 사랑을 간직하고 있는 애인의 모습으로 보인다. '아사녀'라는 여성 인물을 앞세워 이야기하고 있기 때문에 다채로운 여성 인물이 등장하는 것이 당연하게 느껴지기도 한다. 이러한 여성 인물들이 모두 '사랑'과 '폭력'이라는 세계 속에 살고 있는 '아사녀'의 한 측면을 간직하고 있는 인물이며, 동시에 전후 시대를 살아가고 있는 여성의 현재 모습을 함께 보여주는 인물임에 틀림없다. 그러므로 유형화되고 있는 여성을 살펴봄으로써 사회적 약자의 위치에 있는 여성이 어떻게 폭력에 맞서고 있는지 확인할 수 있다. 이는 전승되는 이야기 속의 '아사녀'와 분별되는 지점인 동시에 공통분모인 면모이다.

> 순이가 빨아 준 와이샤쯔를 입고 / 어제 의정부 떠난 백인 병사는 / 이스라엘 선술집에서, / 주인집 **가난한 처녀**에게 / 팁을 주고. //
> (…중략…)
> 동방으로 가는 / 부우연 수송로 가엔, / 깡통 주막 집이 문을 열고 / 대낮, **말 같은 촌 색시들을** / 팔고 있을 것이다.
>
> 「風景」 부분(강조 – 필자)

우리 동네 '순이'는 이스라엘 선술집의 가난한 처녀이며, 동방의 깡통 주막에 사는 말 같은 촌 색시이다. 가난한 시골 아가씨들의 처지는 국적을 따지지 않는다. 남자들이 총을 들고 전쟁터를 누볐다면, 여자들이 전쟁을 겪으며 했던 일 역시 유사했을 것이다. 그러므로 '풍경'으로 보이는 것은 어느 한 세계에 국한 된 모습이 아니다. 살아가기 위해서 그녀들이 택할 수 있는 선택지는 많지 않았을 것이다. 그러므로 이렇게 동일한 모습으로 그리는데 주저함이 없었을지 모른다.

이렇게 단정 지을 수 있는 것은 '순이, 가난한 처녀, 촌 색시'의 모습이 여성 자신의 목소리가 아니라 이들을 관찰하고 묘사하는 것을 통해서 이루어지고 있기 때문이다. 여기서는 '아사녀'의 목소리가 직접 들린다고 하기 어렵다. 여성이 목소리 없는 존재로 그려지고 있기 때문에 여성의 목소리를 듣기 위해서는 대리자가 필요하다. 이때 대리자는 텍스트를 서술하고, 상황을 묘사하는 자라고 할 수 있다. 여성이 인격체라면, 대리자를 통해서 묘사가 이루어져야 하는 '의인화'의 기법이 필요하지 않을 것이다. 생명력이 없거나 목소리가 없는 사물에게 주어지는 허구적 형상화 구조인 '인격화'를 통해 발화의 가능성을 부여하는 '의인화'는 인격이 없다는 것을 전제로 하기 때문이다.[8] 따라서 다양한 여성 인물이 등장함에도 불구하고, 이들의 직접적인 발화가 존재하지 않는다는 것은 여성 인물에 대한 사회적 억압과 폭력이 존재함을 드러내는 것이라 할 수 있다.

또한 텍스트의 인물들을 이해하기 위해 텍스트 전체의 기표인 '아사녀'로 일차 의인화가 이루어졌다고 생각할 때, 이들은 '아사녀'가 우울증적 주체가 되어 죽음에 이른 것과 같이 세상의 흐름에

---

8) Ibid., p.18.

따라 부유하는 인물로 여겨진다. 그러므로 가난한 현실 속에서 가난한 삶을 반복하며 살아가는 사람들에게, 주어진 현실에 적극적인 반성 없이 '여성'이라는 가면9)을 쓰고 있다고 무언의 비판을 하는 것이다.

> 눈은 날리고 / 아흔 아홉 구비 넘어 / 바람은 부는데 / 상엿집 양 달 아래 / 콧물 흘리며 / 국수 팔던 **할멈**. //
> 그 논 길을 타고 / 한 달을 가면, 지금도 / **일곱의 우는 딸들** / 걸레에 싸 안고 / 大寒의 문 앞에 서서 있을 / 바람 소리여
> (…중략…)
> 눈은 날리고 / 아흔 아홉 구비 넘어 / 恨, / 恨은 쫓기는데 // 상여집 양달아래 / 튜렁끄 끌르며 / 쉐탈 갈아 입던 女人……….
>
> 「눈 날리는 날」 부분(강조 – 필자)

앞에서 세상의 흐름에 휩쓸려 살아가는 여성들을 보여주었다면, 여기서는 눈이 날리는 현실임에도 불구하고 생계를 위해 끊임없이 일을 해야만 하는 할멈에 대해 언급하고 있다. 가난한 사람들의 끊임없는 노동이 주는 적막한 비참함은 '아흔 아홉 구비 넘어 부는 바람'이라는 묘사를 통해 세상의 각박함을 보여주기 때문일 것이다. 또한 일곱 번째 딸로 태어나 모진 시련을 다 겪어야 했던 바리데기처럼, '일곱의 우는 딸' 역시 걸레에 싸여 센 바람을 맞고 있는 현실 때문이다.

---

9) 의인화는 신체와 영혼의 합체인 자아의 전체성이 아니라, 얼굴을 통해 이 세계에 그 사람을 단면적으로 보여주는 것을 의미하는 것처럼, 그 전체를 의미하는 부분들을 투영한다. J. Hillis Miller, *Version of Pygmalion*, Harvard University Press, 1990, p.222.

그러나 바리데기가 부모님을 위해 약을 구해오는 것처럼, '일곱의 딸'은 세상을 향해 울음을 터뜨림으로 그들의 목소리를 내려고 시도한다. 이는 추위 때문에 생긴 당연한 방어 자세일지 모르나, 세상에 대한 외침이 있다는 것은 이들이 스스로를 주체로 구성될 수 있는 존재임을 보여주는 사건이라고 할 수 있다. 이는 우울증으로 죽음에 이른 '아사녀'의 모습과는 달리, 자신의 의지를 가지고 사회적 폭력에 대응하기 위한 방식 혹은 막강한 사회적 억압에 굴하지 않겠다는 의지로 자신의 목숨을 건 '아사녀'의 모습으로 읽을 수 있다. 그렇다면 이는 전후 시대를 살아가는 여성들에게 기대되는 모습[10]이라고 할 수 있을 것이다.

'할멈' 역시 정형화된 캐릭터로서의 의인화[11]라고 생각한다면, '한을 쫓아내고 쉐타를 갈아입으며' 삶에 대한 의지를 굳건히 보여주는 세상과 맞부딪칠 준비를 하는 인물로 볼 수 있다. 그러나 할멈의 직접적인 목소리가 들리지 않는다는 것은 그녀가 약한 존재임을 직접적으로 드러내는 방식이다. '침묵'은 형체를 가지지 못한 것의 흉내내기 비유의 형식으로 창조된 캐릭터를 의미하기 때문이다.

> 뻐스는 오 가도 / 콩 밭 머리, / 내리는 愛人은 없었네. //
> 그날은 빛 났네 / 휘바람 함께 / 수수 밭 울어도 / 遞夫 안 오는 마을에. //
> 노래는 떠 갔네, 깊은 들길 / 하늘가 사라졌네, 울픈 얼굴 / 하늘

---

10) 남기택은 저항적 효과 속에 여성성의 문제가 관련되어 있다고 언급하면서 여성성의 부각이 탈식민성을 증거하는 논거로 제시된다는 김석영의 논의에 동의한다. 본고에서 이야기하는 '아사녀'의 모습도 이런 관점과 유사한 입장이라고 할 수 있다. 남기택, 「신동엽 시의 지역과 저항」, 한국비평문학회, 2004, 107쪽.

11) Paxon, op.,cit. p.60.

가 사라졌네 / 스므살 戰地에.

「그 가을」 부분(강조 – 필자)

아니오
사랑한 적 없어요.
세계의
지붕 혼자 바람 마시며
차마, 옷 입은 **都市계집** 사랑했을리야.

「아니오」 부분(강조 – 필자)

위의 두 텍스트에서 여성은 '애인'과 '도시계집'으로 표현되고 있다. 애인은 도시로 떠나 더 이상 콩 밭 머리에서 버스를 내리지 않는다. 이로써 시적 주체가 형상화하는 여성은 전통적인 '아사녀'의 모습을 닮지 않은 새로운 유형을 형상화 해냈다. 그녀들은 더 이상 '아사달'을 기다리지 않고 자신의 삶을 찾아 새로운 세상으로 떠나 버렸다. 그녀들은 어디로 간 것일까. '도시 계집'이란 말에서 추측할 수 있는 것은 60년대까지 대부분의 삶의 터전이었던 농촌의 고향 마을을 떠났다는 사실이다. 우리가 여기서 살펴야 할 것은 여성 주체가 구체적인 발언권을 가지지 못한 인물로 계속 비춰졌음에도 불구하고, 더 이상 다른 시각을 통해 비춰지길 원치 않는다는 점이다. 그렇기 때문에 텍스트를 떠나 이동해 버린 것이다.

이런 점은 이야기 속의 '아사녀'가 가진 어떤 면모에서도 찾아볼 수 없는 행동이다. 왜냐하면 아사녀는 아사달을 통해서, 아사달은 아사녀를 통해서 서로 의지함으로써 이야기가 존속될 수 있는 공생 관계이기 때문이다. 그런데 이 텍스트의 인물들은 이 거리를 떠나 새로운 곳으로 독립해 나아갔다. 이는 앞에서 살펴봤던 여성 인물들의 태도와는 사뭇 다른 점이다. 타자들이 자신을 주체로 인정하지 않더라도, 자신만의 세계를 개척하겠다는 의지로 받아들일 수 있다. 이렇게 여성 인물은 침묵을 통해 새로운 디에게시스(diegesis)[12]를 구성하고 서사 영역을 개척해냈다.

이 텍스트에서 소외된 것은 오히려 텍스트의 주체라 할 수 있다. 독백적인 어조[13]는 현실과 이상의 괴리를 드러내고 있음을 느끼게 한다. 떠나버린 애인에 대해 사랑하지 않았다고 스스로를 위로하는데, 이는 홀로 남겨진 자가 할 수 있는 최선의 자기 방어인 셈이다. '아사녀'의 주체성이 '아사달'과의 연관성 속에서 비롯되는 것처럼, '아사녀'가 존재하지 않으면, '아사달' 역시 그 의미를 상실하게 되기 때문이다.

이는 곧 지금까지와 서술되었던 전통적인 여성과는 전혀 다른 모습을 인식하게 해주며, 60년대의 새로운 문화적 인물의 형상화라고 볼 수 있다. 이는 시기적으로 혼란스러운 때에 예언자의 모습을 한 '아사녀'의 기표를 읽을 수 있었던 것처럼, 신동엽이 새로운 시대를 맞이하여 새로운 인물상을 보여주려는 시도를 행했음을 보여주는 것이라 하겠다. 이로써 '아사녀'의 모습이 일순 투영되어 보이는 여성 인물들의 의인화 양상을 살펴봄으로 신동엽이 전통적인 세계관에서 벗어나 새로운 시대의 인물을 요청하고 있음을 확인할 수 있었다. 이는 '아사녀'의 이야기 속에서 등장하는 '사랑'에 대한

---

12) 쥬네트가 이야기 하는 디에게시스(diegesis)는 텍스트에서 모든 시간적 행위를 둘러싸는 저자의 목소리에 의해 제공되는 스토리와 서술적인 기술을 의미한다. Paxon, op.cit., p.73.
13) 이명희는 신동엽 시의 대부분을 독백적 어조로 보고 있다. 이명희, 『현대시와 신화적 상상력』, 새미, 2003.

긍정이 더 이상 남성을 통해서 이루어지는 것이 아니라는 사실의 확인이며, 여성이 오로지 약자의 위치에만 존재한다는 편견을 벗어나 주체적인 인물로 형상화될 수 있는 가능성을 시사한 것이라 할 수 있다.

04 | 공간과 시간의 전소를 통한 현재화

신동엽의 시에 등장하는 인물은 여성을 비롯하여 모든 인물들이 이루어야 할 꿈과 사랑을 생각하고, 전쟁으로 폐허가 된 세상을 애도한다. 이는 다분히 전후의 상황을 배경으로 쓰인 텍스트이며, 60년대의 문화 환경이 의식적 혹은 무의식적으로 반영된 결과일 것이다. 그러나 이러한 관점은 어느 특정 시대의 것이 아니라 사람들이 살아가는 공간에는 늘 지속적으로 요구되고, 요청되는 상황이다. 꿈이 있어야 발전하고 자라날 수 있으며, 반성의 시선이 존재해야 올바른 길로 갈 수 있기 때문이다. 따라서 신동엽 시에 나타나는 예언자적인 모습의 '아사녀'는 공간과 시간을 초월한 개념으로 오늘의 우리에게도 동일한 의미로 작용한다고 할 수 있다.

나의 나
없는 듯 누어.

고이 천 만년 내어 주련마
사랑과 미움 어울려 물 익도록.
바람에 바람이 섞여 살도록.

「나의 나」 부분

사랑과 미움이 한데 어울리는 것은 바람에 바람이 섞이는 것처럼 자연스러운 일이 될 것이다. 이는 사람의 감정은 일면적인 것이 아니기 때문이다. 사랑하기 때문에 미워하고, 질투하고, 화를 낼 수 있는 것이며, 미움이 존재하는 것은 그만큼 상대방에 대한 애정이 존재했기 때문에 가능한 일이다. 서로에게 일말의 관심조차 없었다면, 어떤 감정도 생성되지 않을 것이기 때문이다. 이 텍스트에서 시적 주체는 '없는 듯 누어, 자신의 모든 것을 내어 주겠다'고 한다. 사랑과 미움이 모두 어울릴 수 있도록, 바람에 바람이 섞이는 것처럼 하나가 될 수 있다면 자신을 바치겠다는 의미로 이야기하고 있다.

이 텍스트에서도 역시 '아사녀'가 '아사달'을 그리워하고 사랑하는 마음을 읽을 수 있다. 또한 아사달을 만날 수 없는 현실에 분노하는 '아사녀'에게 마음의 평화를 가질 수 있는 방법이 있다면 그것이 무엇이든 하겠다는 의도로도 읽을 수 있을 것이다. 이를 다시 시대적 상황으로 환원하여 읽는다면, 남북의 대립관계를 평화적으로 이끌길 바라는 마음으로 볼 수 있다. 또한 새로운 세상으로 떠나려는 여성 주체에 대해 외면의 눈길을 하고 있던 남성 주체가 내면의 화해를 촉구하는 것으로 볼 수도 있을 것이다.

『아사녀』는 시적 주체를 일차원적 의인화로 인식하고, 더 나아가 텍스트의 담론이 형성하는 서사를 이차원적 의인화로 인식하여 다양한 인물 유형을 살펴보고, 이를 통하여 신동엽이 보여주고 있는 60년대의 문화를 읽을 수 있었다. 이는 신동엽이 새로운 세계를 갈망하고 있으며 '예언자'적인 인물의 도래와 더불어 새 시대를 이끌어나갈 인물을 그리고 있었음을 확인시켜주는 절차였다고 본다. 이

를 통해서 신동엽이 민족의 시인으로 불리는 근거가 더욱 탄탄해졌
으리라 생각한다. 60년대에서 기대되는 '아사녀'의 모습은 시대를
이끌어가는 '예언자'와 '선구자'의 위치로 변화한 모습이다. 긍정적
여성성을 보여준 '아사녀'의 모습은 우리에게 오늘날까지 그 영향
을 미친다고 할 수 있다. 이것이 바로 신동엽 시를 지속적으로 읽
는 힘이 되는 것 아닌가 싶다.

시집 『아사녀』와 '낙지발'

김 응 교*

01 │ 첫 시집

시를 한편 한편 발표하다가 첫 시집을 낼 때, 이제까지 발표해온 모든 시를 다시 읽고 수정·배열하면서, 시인은 엄격한 자기성찰 과정을 겪는다. 이 과정을 통과하여 나온 시집은 시인이 살아온 그 때까지 시세계의 총체를 이룬다. 독자는 시집을 통해 시인의 상상력에 동행한다. 비교컨대 시 한편 한편이 꽃 한 송이라면, 시집은 꽃밭이라 할 수 있겠다.

시집 『아사녀』(문학사, 1963)는 신동엽(1930~1969) 시인이 발표했던 시를 직접 수정하고, 순서를 정해 편집했던 유일한 시집이다. 당시 편집장 강민 시인의 증언(2009. 10. 21)에 따르면, 도서출판 <문학사>

* 숙명여자대학교

는 최응표 사장과 강민 시인 둘이 운영했고, 최 사장과 신동엽 시인이 『아사녀』의 직접 교정을 보았다고 한다. 판권 위에 '동엽'(사진 1)이라는 한글 도장이 명확히 찍혀 있는 시집 『아사녀』를 순차적으로 읽어가다 보면, 시인의 의도가 보다 명확히 드러난다.

이후 1975년 유가족의 용단과 출판사의 노력 끝에 『신동엽 전집』(창작과 비평사, 이후 『전집』으로 줄인다)이 출판되었다. 독자들은 이 책을 통해 신동엽의 전모를 확인할 수 있었지만, 판금되는 어려움도 겪고, 이후 1990년대에 이르러 논의가 활발해지고, 그 문학적 가치에 대한 연구도 축적되어 왔다. 그 결과 그의 시는 현재 18종의 고등학교 『문학』 교과서에 4편,

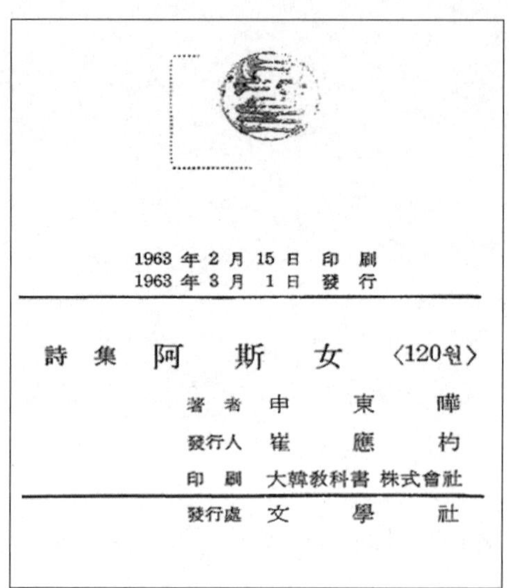

1963 年 2 月 15 日　印　刷
1963 年 3 月 1 日　發　行

詩　集　阿　斯　女　〈120원〉

著者　申　東　曄
發行人　崔　應　杓
印　刷　大韓教科書 株式會社
發行處　文　　學　　社

〈사진 1〉 『아사녀』 판권

곧 「껍데기는 가라」(14종), 『금강』, 「누가 하늘을 보았다 하는가」, 「너에게」(1종)이 실려, 이제 그는 더이상 변방의 시인이 아닌 '교과서 시인'이다.

이러한 과정은 첫 시집 『아사녀』부터 시작되었을 것이다. 그런데 첫 시집 『아사녀』의 의미에 대해서 치밀하게 연구된 논문은 필자가 과문한 탓인지 확인하지 못했다.

비교하면 『전집』은 후세 사람이 발표작 순서대로 배열했으며, 또한 첫 시부터 모든 시를 새맞춤법으로 수정해 놓았다. 『전집』 외에

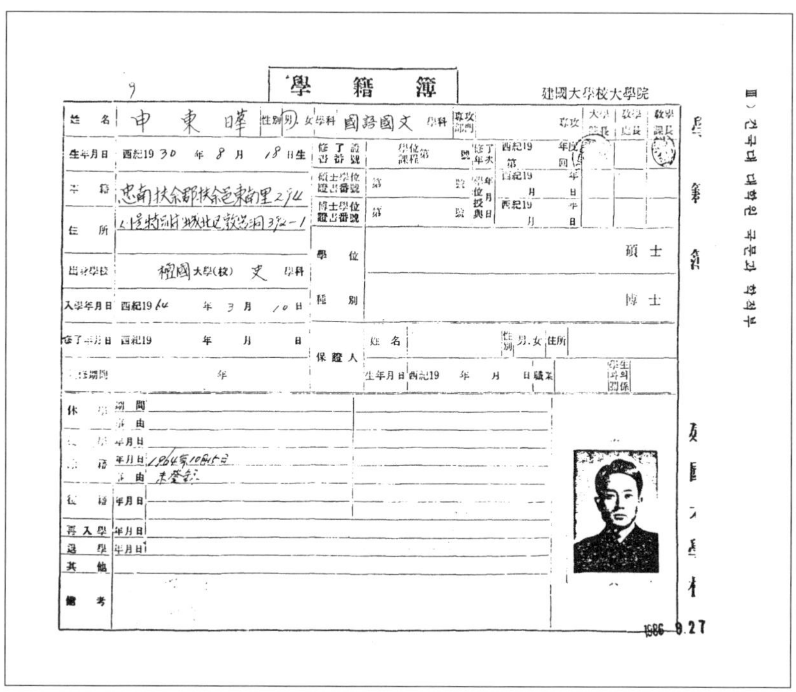

〈사진 2〉 신동엽의 국문과 학적부

신동엽 시를 구하기 힘들었기에, 이 책은 점점 정전화(canonize)되었다. 그런데 이제부터 논하겠으나 원본 대조가 필요한 시들이 있다. 약력에서 소학교 시절의 년도가 안 맞고, 건국대학원 국문과 학적부(사진 2)를 보면 신동엽이 1964년 3월 10일에 입학했다가 한 학기 수업만 듣고, 1964년 10월 15일 '미등록(未登錄)'으로 '제적(除籍)'된 것을 볼 수 있다.

『전집』을 보면, 앞날개에 건국대대학원 국문과 '졸업'이라고 쓰여 있고, 같은 책 436면에는 '국문과 이수(履修)'라고 다르게 쓰여 있다. 서로 안 맞고, 모두 사실이 아니다. 『전집』의 잘못된 약력 소개 때문에, 중학교 자습서나 문학사전에 이르기까지 '졸업' '이수' '수료' 등으로 틀리게 소개되어 있다. 틀린 약력은 필자가 쓴 『시인 신동엽』(현암사, 2005)에 소학교 성적표와 졸업장 등을 대조하여 맞추어 놓았다. 몇 년 전부터 창작과비평사에서 개정본을 준비하는 것으로 알고 있는데, 제대로 된 정본이 출판되기를 기대해본다.

『전집』이 아닌 원본 『아사녀』를 연구하려는 이 글은 첫째, 시집 『아사녀』에 실린 시들을 『전집』과 비교하게 될 것이다. 시 분석의 목표를 시 자체가 말하고자 하는 것을 드러내는 것이라고 할 때, '정본'을 정하는 문제는 아무리 강조해도 지나치지 않다. 대부분의 연구자가 『전집』만을 연구 대상으로 할 때, 강형철은 정본 텍스트 연구[1]를 했다. 이러한 텍스트 연구 과정을 통해 우리는 신동엽의 시창작 과정을 확인해 볼 수 있을 것이다.

둘째, 『아사녀』의 구조, 그리고 시의 배열에 내장된 포스트식민주의(postcolonialism)[2]에 대해서 논할 것이다. 이에 관해 이미 선구적 연구들이 있다. 프레데릭 제임슨(Fredric Jameson)의 연구방법론으로 신동엽의 『금강』을 탈식민주의, 신경림의 『남한강』을 탈근대주의,

---

1) 강형철, 「신동엽 시의 텍스트 연구─「이야기하는 쟁기꾼의 大地」를 중심으로」, 『실천문학』, 1999 봄호.

2) 물론 이 표현에 대해 2000년대 들어 우리 인문계에서 여러 개념 규정이 있다 (윤대석, 「문학(화) · 식민지 · 근대」, 『역사비평』, 역사비평사, 2007 봄호). 원어 그대로 '포스트 콜로니얼리즘'이라고 번역해 쓰는 이들은 포스트(post)를 '이후'(after)로 해석하여 식민주의 '이후'의 식민지 상태를 표현하고자 한다. 이 표현은 '포스트'라는 애매모호한 표현 탓에 정치적 색깔을 묽게 한다. 한편 포스트(post)를 '초극'(beyond)으로 해석하는 이는 '탈(脫)식민주의'라고 써서 식민지 상태를 벗어나려는 적극적인 의지, 곧 프란츠 파농, 사이드, 스피박, 바바 같은 의지를 강조하려 한다. 필자는 두 가지 의미를 함축하여 '포스트식민주의'라는 표현을 사용하려고 한다. 적극적인 저항의지를 명확히 표현할 때는 '반(反)식민주의'로 표현하려 한다.

김용택의 『섬진강』을 탈산업주의 시각에서 분석한 이민호의 논문3)
은 신동엽 연구의 폭을 넓히고 있다. '국가'를 통해 김수영과 신동
엽의 시를 논한 이경수4)의 논문이 있다. 이 논문은 후반부에서 수
사법을 통해 두 시인의 정치성을 살펴본 것이 의미 깊다. 이러한
논문들은 신동엽 연구가 이제는 새롭게 읽혀져야 한다는 것을 제시
하고 있다.

  셋째로 첫시집에서 쓰여진 언어를 통해 시집 전체의 의미를 살
펴 보려 한다. 신동엽 시의 언어 김창완과 권혁웅의 연구가 있다.
김창완5)은 가스통 바슐라르(G. Bachelard)의 역동적 상상력에 의한
방법에 따라 그의 시 이미지를 대지 이미지, 신체 이미지, 식물 이
지지, 광물 이미지, 천체 이미지로 나누었다. 권혁웅6)은 신동엽 시
언어에서 환유법과 제유법이 어떻게 쓰이고 있는가 분석하고 있다.
이와 같은 선행 연구를 참조하며 시집 『아사녀』의 의미에 접근해
보고자 한다.

02 │ 정본 ─ 『아사녀』와 서시 「진달래 산천」

  시집을 만들 때, 시 배열 순서를 정하는 것은 간단한 문제가 아니

---

3) 이민호, 「한국 리얼리즘시에 나타난 강(江)의 역사성과 시적 주체의 민중성 연
  구」, 『국제어문』 35집, 국제어문학회, 2005.
4) 이경수, 「'국가'를 통해 본 김수영과 신동엽의 시」, 『한국근대문학연구』, 한국근
  대문학회, 제6권 1호, 2005. 4.
5) 김창완, 『신동엽 시 연구』, 시와시학사, 1995.
6) 권혁웅, 「신동엽 시의 환유와 제유」, 『한국근대문학연구』, 제1권 제2호, 한국근
  대문학회, 2000. 12.

다.『아사녀』의 첫 시는 「진달래 山川」이고,『신동엽 전집』의 첫 시
도 바로 「진달래 山川」이다. 자타에 의해 신동엽을 대표하는 시라
할 수 있는 시를 설명하기 위해 연 앞에 번호를 붙여 본다.

1. 길가엔 진달래 몇 뿌리
   꽃 펴 있고,
   바위 모서리엔
   이름 모를 나비 하나
   머물고 ①있었어요

2. 잔디밭엔 長銃을 버려 던진 채
   당신은 잠이 들었죠.

3. 햇빛 맑은 그 옛날
   후고구렷적 장수들이
   의형제를 묻던,
   거기가 바로 그 바위라 하더군요.

4. 기다림에 지친 사람들은
   산으로 갔어요.
   뼛섬은 썩어 꽃죽 널리도록.

5. 남햇가,
   두고 온 마을에선
   언제인가, 눈먼 식구들이
   굶고 있다고 담배를 말으며
   당신은 쓸쓸히 웃었지요.

6. 지까다비 속에 든 누군가의
   ②발목을

果樹園 모래밭에선 보고 왔어요.

7. 꽃 살이 튀는 산 허리를 무너
   온종일
   탄환을 퍼부었지요.

8. 길가엔 진달래 몇 뿌리
   꽃 펴 있고,
   바위 그늘 밑엔
   얼굴 고운 사람 하나
   서늘히 잠들어 ③있었어요.

9. 꽃다운 산골 비행기가
   지나다
   기관포 쏟아 놓고 가 버리더군요.

10. 기다림에 지친 사람들은
    산으로 갔어요.
    그리움은 회올려
    하늘에 불 붙도록,
    뼛섬은 썩어
    ④꽃죽 널리도록.

11. ⑤바람 따신 그 옛날
    후고구렷적 장수들이
    의형제를 묻던
    거기가 바로
    그 바위라 하더군요.

12. 잔디밭엔 담배갑 버려 던진 채
    당신은 피
    흘리고 있었어요.

「진달래 山川」 전문(원번호, 밑줄 – 인용자)

한국전쟁의 비극을 진달래꽃 옆에 쓰러져 있는 한 인물로 그려내는 이 시를 신동엽은 왜 시집 맨 앞에 두었을까. 짧지 않은 긴 시를 전문 인용하는 이유는 이 시가 시집『아사녀』와『전집』의 '서시'처럼 맨 앞에 실릴 만큼 중요하기 때문이다. 그리고 두 시집의 미묘한 차이와 함께 신동엽의 창작과정을 그대로 확인해 볼 수 있기 때문이다.

이 시는 우리 서정시의 간결하고 전통적인 어조로 독자에게 말을 건다. 그리고 한 연이 변주되어 다시 반복되는 형식이다. 1연에 "길가에 진달래 몇 뿌리"는 8연에서 반복된다. 2연에, 장총 옆에 잠든 사람은 8연 4행에 "얼굴 고운 사람"으로 변주된다. 3연의 후고구려 때 사람들 이야기는 11연에서 반복된다. 4연에 "기다림에 지친 사람들"이 산으로 갔다는 표현은 10연에서 반복된다. 5, 6연은 당시의 비극을 생각하는 현재 시각이다. 그리고 7연의 비행기 폭격은 9연에서 반복된다. 그리고 12연은 다시 풍경으로 돌아오는 결말이다. 화살표(→)를 반복으로 표시한다면, 다음과 같다.

1, 2연	→ 8연
3연	→ (11연 :『아사녀』본에서 생략된다)
4연	→ 10연
5, 6연	현재의 시각에서 과거 회상
7연	→ 9연
12연	마무리

전체적으로 앞의 표현이 4번 반복되고 있는데, 개작해서『아사녀』에 실린 수정본에는 11연이 생략되어 있다.『전집』에는 시인이 수

정하기 전인 <조선일보>(1959. 3. 24)에 실려 있다. 이제 시가 개작된 과정을 역추적하면 시인의 의도에 다가갈 수 있을 것이다.

첫째, 신동엽은 ①과 ③의 "있었어요"를 "있었었어요"로 수정한다. 이는 과거형에 대과거형을 넣어 현재와 과거를 명확히 구별하고 싶었기 때문일 것이다. 1959년 신문발표본과 1963년 시집본 사이에 4년 사이에 무슨 변화가 있었던가. 그것은 바로 신동엽의 생각 중에 가장 중요한 사상인 '전경인(全耕人) 정신'이 완성되기 전과 이후의 차이다. 신동엽은 스스로 "하나의 시가 완성될 때 무엇보다도 먼저 그것을 이야기해 놓은 그 시인의 인간정신도와 시인혼이 문제되어야" 한다는 명제를 내놓고 있다. 생전에 8편의 평론과 유고평론 2편을 남겼던 그의 평론을 검토하면 첫 글인 「시인정신론(詩人精神論)」(1961)에서 전형화되었고, 후의 글은 그 논리의 적용이나 확장임을 알 수 있다. 평론 「시인정신론」은 「진달래 산천」의 신문발표본의 "있었어요"(1959)가 『아사녀』에서 "있었었어요"(1963)로 바꾸게 된 것7)과 어떤 관계가 있을까. 그것은 동엽의 논리 곧 원수성(原數性)·차수성(次數性)·귀수성(歸數性)과 전경인 정신(全耕人精神)이란 개념과 관계있지 않을까.

---

7) 이 시만 그런 것이 아니라, 『신동엽 전집』에 실린 「내 고향은 아니었었네」의 원제는 『산업신문』(1961. 10)에 발표될 때 「내 고향은 아니었네」였다. 유족의 기증에 의해 2010년 건립될 신동엽 문학관에 보관될 데이터 파일을 보면, 신동엽이 파랑색 볼펜으로 '었'을 교정하는 표시가 있다. 현재 『신동엽 전집』에 실린 「내 고향은 아니었었네」는 초출본이 아니라, 시집 『아사녀』에 실린 수정본이다. 따라서 『신동엽 전집』 22쪽에 써있는 이 시의 출전은 시집 『아사녀』로 수정되어야 한다.

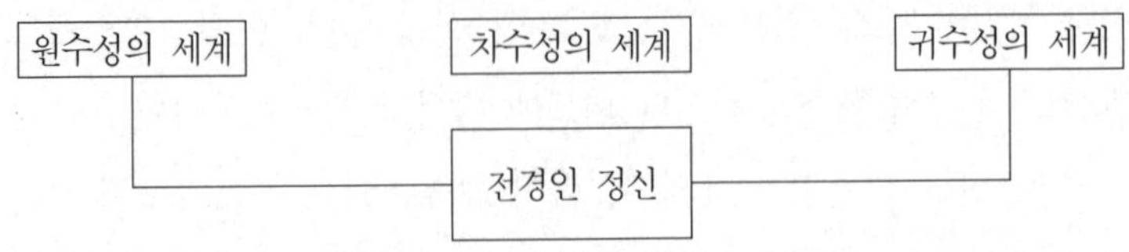

「시인정신론」은 현대는 "하나도 새로울 것이 없는 왕도원리" 속에서 인간이 맹목기술자로 인생에의 구심력을 상실한 채 살아가는 시대라 정의하면서 시작된다. 이어서, 잔잔한 해변, 누워 있는 씨앗 같은 생명의 대지는 '원수성 세계'이고, 유사 이후의 문명역사 전체가 인종계의 여름철 곧, '차수성 세계'라고 한다. 그런데 '차수성의 세계'는 '분업문화의 성과'이며 여기서 인간은 비인간화된다고 지적한다. 이러한 세계에서 시인은 시'인(人)'이 아니라 시'업가(業家)'로 전락하였다고 비판한다. 그리고 극분업화되어 인간성을 상실한 '차수성 세계'에서 '원수성 세계'의 생명을 회복하려는 사람, 또는 그러한 가치관의 세계는 '귀수성 세계'라고 명명한다.

그는 "노래에 있어도 참여(參與), 즉 자기와 자기 이웃에의 인간적 애정, 성실성"이 시인됨의 출발이라고 한다. 그래서 이제 시인은 원수성의 세계를 회복시키는 '전경인'이 되어야 한다는 것이다. 오늘날 이러한 전경인은 문명인들의 혐오와 멸시의 대상이 되고 있지만, 모든 사람은 생명의 대지인 원수적 가능성과 귀수적 가능성을 한 몸에 지닌 전경인이 되어야 한다는 것이 신동엽의 견해이다.

여기서 우리는 신동엽이 "있었었어요"라는 대과거형을 시집 『아사녀』에 자주 쓰는 이유를 추측할 수 있다. 시인은 1연에서 "이름 모를 나비 하나/ 머물고 있었었어요."라고 쓰면서 과거의 '이름 모

를 나비 하나'를 2연에서는 장총을 버려 던진 채 누워 있는 현재의
당신과 대비시킨다. '이름 모를 나비' 하나는 과거의 원수성이라
한다면, '장총 옆에 누운 당신'은 현재 전쟁의 비극적 차수성에 속
해 있다. 그런데 8연의 경우는 좀 특이하다. "바위 그늘 밑엔/ 얼굴
고운 사람 하나/ 서늘히 잠들어 있었었어요."라고 표현되는 이 대
과거는 원수성으로 돌아가 전경인의 모습을 표상한 것일까. 차라리
죽어 있는 '얼굴 고운 사람 하나'를 원수적 가능성과 귀수적 가능
성을 모두 지니고 있는 비극적 전경인으로 상징하는 것일까? 이 대
목에 대해서는 읽는 이마다 해석이 다를 수 있겠다.

둘째, ②의 "발목"을 시집에서는 "발 목"으로, ④의 "꽃죽"을
"꽃 죽"으로 띄어 써서, 낭독할 때 강조해서 읽도록 수정했다. 비극
적 현장을 강조하기 위해 일탈된 표현을 택했을 것이다. 신동엽이
이렇게 시를 세세하게 수정한 것은 이 시에 대한 여러 혐의, 가령
"기다림에 지친 사람들은/ 산으로 갔어요"란 대목이 빨치산을 미화
했다는 트집8) 등에 대해 보다 적극적으로 작품으로 응대하고 싶었
기 때문일 것이다.

셋째, 신동엽은 시를 더 압축하려 했다. 1959년 신문발표본은 12
연인데, 『아사녀』(사진 3)에는 11연으로 줄어든다. 비교해보면 신문
발표본의 11연을 생략했음을 볼 수 있다. 그 이유는 신문발표본의
11연은 3연을 변주하여 반복한 것인데, 지나친 반복법이 시를 가볍
게 할 수있다는 판단에 따라 시인 자신이 삭제했을 것이다. 한편으
로는 비극적 역사인 현재 곧 『아사녀』의 11연에 집중하게 하려고,

---

8) 성민엽, 『신동엽』, 문학세계사, 1992, 77쪽 ; 신경림, 『신경림의 시인을 찾아서』,
　 우리교육, 1998, 75쪽.

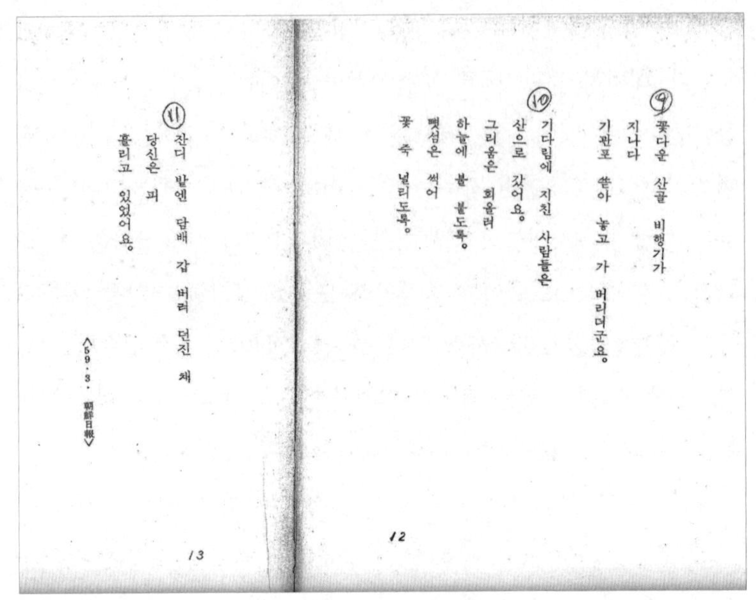

〈사진 3〉 시집 『아사녀』본

후고구렷적 이야기인 신문발표본의 11연을 과감히 생략했을 것이다.

후에 『전집』에 실리는 신문발표본과 『아사녀』본을 비교 검토했을 때, 우리는 첫째, 신동엽이 전경인 정신에 시에 담으려 했다는 점, 둘째, 의도적인 띄어쓰기를 통해 비극을 강조하려 했다는 점, 셋째, 시의응축미를 높이기 위해 혹은 현재적 비극을 강조하기 위해 초출본의 11연을 생략했다는 점을 확인했다. 따라서 신문발표본을 담고 있는 『전집』은 시인이 수정한 『아사녀』본으로 교체되어야 하고, 연구대상은 당연히 『아사녀』본이 되어야 할 것이다. 가령 『아사녀』에 실린 「꽃 대가리」(68~70쪽)는 『신동엽 전집』에서 「원추리」(44~45쪽)로 바뀌어 있는데 출전은 『아사녀』로 되어 있다. 원제가 '꽃 대가리'임을 부기했지만 어떻게 해서 제목이 「원추리」로 바뀌었는지 전혀 설명이 없다. 신동엽이 「원추리」로 바꾸어 다시 발표했다면 출전은 『아사녀』 이후의 출전자료9)로 바뀌어야 마땅하다. 유명을 달리한 시인이 고쳤을 리가 없다면, 시집 『아사녀』에서 『전집』으로 옮긴 시는 『아사녀』 표기법을 존중하여 그대로 옮겨야 할 것이다.

03 | 구성 – '낙지발'과 포스트식민주의

후세 사람이 시를 순서대로 배열한 『전집』과 달리, 시인 자신이 마음에 드는 발표작을 선정하고, 수정하고, 배열한 『아사녀』를 읽어보면, 1963년 당신 신동엽 시인이 가장 하고 싶어하던 이야기가 무엇인지 확인할 수 있다. 시의 배열에 시인의 기획 의도가 숨어 있다.

> 제1부 : 진달래 산천/ 風景/ 눈 날리는 날/ 그 가을/ 빛나는 눈동
>   자/ 正本 文化史大系/ 山死/ 이곳은/ 산에 언덕에/ 네 고향
>   은 아니었었네
> 제2부 : 꽃 대가리/ 미쳤던/ 아니오/ 나의 나/ 緩衝地帶/ 힘이 있거
>   든 그리로 가세요
> 제3부 : <長詩> 이야기 하는 쟁기꾼의 大地

---

9) 시인이 바꾸었다면 『현대한국문학전집』 제18권, 신구문화사, 1967에서 신동엽
   이 「꽃 대가리」에서 「원추리」로 이름이 바꾸어 발표했다(인병선 고증·김응교
   글, 『시인 신동엽』, 현암사, 2005, 146쪽). 그렇다면 창비본은 『현대한국문학전
   집』을 출전으로 삼아야 한다.

『아사녀』의 제1부는 10편, 제2부는 6편이고, 제3부는 장시다. 그런데 편수는 그리 중요하지 않다. 신동엽 시의 길이가 일정치 않기 때문이다. 또한 발표순으로 정리된 시집[10]도 아니다. 다시 시집의 목차에 주목해주길 바란다. 시집을 관통하는 의식의 흐름이 무엇인가를 살펴봐야 할 것이다. 시와 시 사이[間]에 존재하는 암시(暗示)도 살펴봐야 할 것이다.

1) 포스트식민지의 풍경

첫 시 「진달래 산천」은 한반도 내의 비극적 역사를 증언하고 있다. 두 번째 시 「풍경」을 보면 「진달래 산천」의 비극을 세계적 현실로 확산(擴散)시키고 있다. 두 번째를 읽어보자.

1. 쉬고 있을 것이다./ 아시아와 유우럽/ 이곳 저곳에서/ 탱크부대는 지금/ 쉬고 있을 것이다.

2. 일요일 아침, 화창한/ 도오꾜 교외 논둑길을/ 한국 하늘, 어제 날아간/ 이국(異國) 병사는/ 걷고.

3. 히말라야 산록(山麓)/ 토막(土幕)가 서성거리는 초병(哨兵)은/ 흙 묻은 생고구말 벗겨 넘기면서/ 하루뻔 땅 두고 온 눈동자를/ 회상코 있을 것이다.

4. 순이가 빨아준 와이샤쓰를 입고/ 어제 의정부 떠난 백인 병사는/ 오늘 밤, 사해(死海)가의/ 이스라엘 선술집서,/ 주인집 가난

---

10) 김소월 시집 『진달래꽃』, 매문사, 1925을 보면, 서장에 해당되는 제1장 '님에게'의 시편들이 발표순서대로 배열되어 있다.

한 처녀에게/ 팁을 주고.

5. 아시아와 유우럽/ 이곳 저곳에서/ 탱크 부대는 지금/ 밥을 짓
   고 있을 것이다.

6. 해바라기 핀,/ 지중해 바닷가의/ 촌 아가씨 마을엔,/ 온종일,
   상륙용(上陸用) 보오트가/ 나자빠져 뒹굴고.

7. 흰구름, 하늘/ 제트 수송편대가/ 해협을 건너면,/ 빨래 널린 마
   을/ 맨발 벗은 아해들은/ 쏟아져 나와 구경을 하고.

8. 동방으로 가는/ 부우연 수송로 가엔,/ 깡통 주막집이 문을 열
   고/ 대낮, 말 같은 촌색시들을/ 팔고 있을 것이다.

9. 어제도 오늘,/ 동방대륙에서/ 서방대륙에로/ 산과 사막을 뚫어/
   굵은 송유관은 달리고 있다.

10. 노오란 무우꽃 핀/ 지리산 마을,/ 무너진 헛간엔/ 할멈이 쓰
    러져 조을고

11. 평야의 가슴 너머로./ 고원(高原)의 하늘 바다로./ 원생의 유전
    (油田)지대로./ 모여 간 탱크 부대는/ 지금, 궁리하며

12. 고비 사막,/ 빠알간 꽃 핀 흑인촌(黑人村)./ 해 저문 순이네 대
    륙/ 부우연 수송로 가엔,/ 예나 이제나/ 가난한 촌 아가씨들
    이/ 빨래하며,/ 아심아심 살고/ 있을 것이다.

「風景」(現大文學, 1960. 2월호) 전문(번호, 사선―인용자)

　시집의 두번째 시 「風景」에는 한반도를 포함하여, 세계적인 포스
트식민지의 '풍경'을 드러내고 있다. 그리고 이 시에는 "어제 의정

부에서 떠난 백인 병사는/ 오늘 밤, 死海가의/ 이스라엘 선술집서,/ 주인집 가난한 처녀에게/ 팁을 주고"(4연)라고 하여 한반도가 겪고 있는 식민지 이후의 고통이 한반도에만 끝나는 것이 아니라, 이스라엘로 이어지고 있음을 지적하고 있다. 구(舊)식민지 이후 신(新)식민지를 개척해 가는 제국의 군대를 묘사하고 있는 것이다. 2연의 도쿄, 3연의 히말라야 산록과 하얼빈, 4연은 의정부와 이스라엘, 5연은 1연의 반복이다. 6, 7, 8연은 지중해 바닷가, 9연은 동방에서 서방으로 이어지는 굵은 송유관, 10연은 지리산 마을, 11연은 고원, 12연은 고비사막으로 이어진다.

그야말로 2차 대전 이후 아프리카·남미·아시아는 신식민지적 상태가 유지되고 있다고 하여 트리컨티넨탈리즘(tricontinentalism)11)이라고 불려지는 포스트식민주의적 상황을 그대로 드러낸 것이다. 지금으로부터 40여전에 발표된 시지만, 지금 현실과 전혀 다르지 않

---

11) 로버트 J.C. 영은 식민지와 종주국 사이의 개념을 명확히 하고 있다(Robert J.C.Young, Postcolonialism—AN HISTORICAL INSTRODUCTION, Blackwell, 2001).
이 책 제1부에서 그는 '식민주의→신식민주의→포스트 식민주의'의 흐름을 설명하면서, 오늘날 포스트 식민주의(postcolonialism)는 아프리카·남미·아시아에 세 대륙에 걸쳐 만연되고 있다며 '트리컨티넨탈리즘'(tricontinentalism)이라는 용어를 사용한다. "더 근원적으로 포스트 식민주의를 나는 차라리 트리컨티넨탈리즘으로 부르고 싶다"(More radically, postcolonialism-which I would prefer to call tricontinentalism, 위의 책, p.56)라고 쓴다. 한편 그가 쓰고 있는 '반식민주의'(anti-colonoalism)라는 개념은 한국에서 쓰고 있는 '탈식민주의'라는 말보다 명확하다고 필자는 생각한다. 비교컨대 피식민지 경험이 없었던 일본에서는 탈식민주의라는 표현은 잘 쓰지 않고, 포스트 콜로리얼리즘(ポスㅏコロニアリズム)이라고 한다. 일본의 경우, 포스트 콜로니얼리즘은 단순히 식민지 후(後)라는 의미가 아니라, '종주국(宗主國)'과 '피식민지국'을 역전시켜, 그 상태를 반영구적으로 고정하려고 하는 강력한 차별주의(差別主義)를 기반으로 한 식민지주의를 말한다(本橋哲也, 『ポスㅏコロニアリズム』, 岩波書店, 2005).

다. 의정부의 에드워드 부대 미군 중 몇 명은 이라크나 이스라엘 등지에 급파되기도 하는 것은 지금도 마찬가지다. 신동엽의 시가 오늘도 읽혀지고 있는 이유는 이처럼 포스트 식민주의적 상황이 변화되지 않고 온존하고 있기 때문일 것이다.

이후의 시, 세 번째에도 "상엿집 양달아래/ 튜렁끄 끌르며. 쉐탈 갈아 입던 女人"(「눈 날리는 날」), 네 번째 시에도 "울픈 얼굴/ 하늘가 사라졌네/ 스므살 戰地에"(「그 가을」) 등 식민지와 전쟁 이후의 상처가 시집 『아사녀』에 실린 17편의 시에 중요한 이미저리를 이루고 있다. 이러한 표현의 역사적 배경이 있다. 5·16 쿠데타로 정권을 장악한 군부는 훌륭한 경제적 업적을 정통성 확보의 근거로 삼으려 했다. 그들은 5·16 직후 부정축재 환수 및 은행주의 환수를 시발로 하여 국가독점자본주의 단계의 표현인 지도경제, 바로 '경제개발 5개년 계획'을 시작했다. 이 계획의 '선건설 후분배'라는 구호 아래 사회적 불균형은 심화되었다. 농촌은 점점 몰락해갔고, 몰락 농민들은 도시산업 노동자와 도시빈민 형성의 주된 공급원이 되었다. 이 시기에 신동엽은 근대화 과정에서 피해를 입은 자들의 아픔을 대변하고 그 모순의 근원을 억압적 정치체제와 신제국주의로 상정하고, 그것에 저항하는 작품을 생산한다. 그 정점에 있는 것이 바로 시집 『아사녀』인 것이다.

이렇게 이 시집은 포스트 식민지의 궁핍한 상황을 고발하는 데 집중되어 있음을 볼 수 있다. 그는 진정한 해방이 아직 이루어지지 않았다는 것을 분명히 알고 있었다. 그런데 그의 시가 포스트식민주의 나아가 반(反)식민주의를 지향하는 이유는, 단순히 관념적 판단이 아니라, 그의 원초적 '고향'이 산산조각 났기 때문이다.

　　그는 꿈꾸어온 고향 이야기를 1958년에 집필한다. 충남 주산농고에서 교편을 잡은 신동엽은 디스토마가 재발되어 학교를 일단 휴직하고 그동안의 경험과 독서로 얻어진 체험을 정리하면서 「이야기하는 쟁기꾼의 대지(大地)」를 썼다. 그리고 그것이 1959년 1월 1일 <조선일보> 신문문예에 당선된다. 시집 『아사녀』의 3부에 실리는 이 장시가 담고 있는 고향은 자연스러운 나눔공동체였다.

　　　　태백(太白)줄기 고을 고을마다 강남(江南)제비 돌아와
　　　　흙 물어 나르면, 산이랑 들이랑 내랑 이뤄
　　　　그 푸담한 젖을 키우는
　　　　울렁이는 내 산천(山川)인데……

　　　　맞동 마을 농사집 태어나 말썽 없는 꾀벽동이로
　　　　딩굴 벙굴 자라서, 씨 뿌릴 때 씨 뿌리고
　　　　걷워딜 때 걷워딜듯, 이웃 말 어여쁜 아가씨와
　　　　짤랑짤랑 꽃가마도 타 보고,
　　　　환갑(還甲) 잔치엔 아들 손주 큰 절이나 받으면서
　　　　한 평생 살다가 묻혀 가도록 내버려나 주었던들.

　　　　흙에서 나와
　　　　흙에로 돌아가며.
　　　　영원회귀(永遠回歸) 운운 이야기는 없어도
　　　　햇빛을 서로 누려 번갈아 태어 나고.

「이야기 하는 쟁기꾼의 大地」(『아사녀』, 104～105쪽)

　　그의 어린 시절은 행복하지만은 않았다. 1939년에는 큰 가뭄까지 겹쳐 어린아이건 늙은이건 쓰디쓴 풀로 죽을 쑤어 먹는 빈궁한 시절[12]이었다. 그렇지만 그는 그 이전의 상생공동체를 영혼의 고향으로 생각하고 있었다. 그런데 "흙에서 솟아/ 흙에서 흩어져 돌아갔을" 전경인 공동체가 깨진 것은 일제를 거쳐 미군정을 겪고, 결정적으로 한국전쟁 때문이다.

일제에서 해방되는가 싶었는데 미군정 이후 원조정책 및 무역정책에 의해 대미의존을 계기화 한다. 이러한 미군정 후의 독점자본화와 금융자본화의 이면에서는 민족자본의 토대를 이루는 토착 중소기업이 소멸되는 과정이 진행된다. 한국전쟁과 함께 백성은 극빈의 세계로 들어간다. 당시 한국민의 모습은 전형적인 난민이요. 디아스포라였다. 그 고향은 "발부리 닳게 손자욱 부릍도록/ 등짐으로 넘나들던" 곳이었고, "울고는 아니/ 허리끈은 졸라도/ 목메인 자갈길"이었다. 그곳은 이미 "내 고향은 아니었"다. "발부리 닳게 손자욱 피맺도록/ 조상들 넘나들던"(「내 고향은 아니었었네」)은 이미 고향이 파괴된 것이다. "삼백 예순 날 날개 돋친 폭탄은" 쏟아졌고 "승리는 아무데고 없"는 세상이었다.

그곳엔 무덤이 있다.

바닷가선 비문은 구름 용(龍)을 싣고 찬란하게
쩌들어오리니
급기야 홍수는 오고,
구렝이, 모자, 톱니 쓸린 공장 헤엄쳐 나가면

조상(弔喪)도 없이 옛 마을터엔 횡횡 오갈 헛바람.
쓸쓸하여도 이곳은 점령하라. 바위 그늘 밑, 맨 마음채

---

12) 김응교, 「히라야마 야키치, 신동엽과 회상의 시학—시인 신동엽 연구(4)」, 『민족문학사연구』, 소명출판, 2006. 4, 277~281쪽.

여문 코스모스씨 한 톨. 억만년 퍼붓는 허공(虛空)밭에서
턱 가래 안창엔 심그라.
사람은 비어 있다.
대지는
한가한
빈 집을 지키고 있다.

「이곳은」 부분(『현대문학』, 1962. 8)

시인은 이에 대해 원수성을 회복시킬 방안을 생각한다. 물론 그의 시에는 "지구의 모든 사람이 물질적이고 문화적으로 행복하게 살 권리를 요구하는 포스트 식민주의"13)가 편만 되어 있다. 행복을 위한 하나의 요구로 동엽은 중립의 완충지대를 제시한다.

하루 해
너의 손목 싸 쥐면
고드름은 운하(運河) 이켠서
녹아 버리고.

풀밭
부러진 허리 껴 건지다 보면
밑둥 긴 폭포(瀑布)처럼
역사는 철 철 흘러가 버린다.

피 다순 쭉지 잡고
너의 눈동자, 영(嶺) 넘으면
완충지대(緩衝地帶)는

---

13) 'Postcolonialism claims the right of all people on this earth to the same material and cultural well-being': Robert J.C.Young, *Postcolonialism —A Very Short Introduction*, OXFORD, 2003, p.2.

바심하기 좋은 이슬 젖은 안 마당.

고동치는 젖가슴 뿌리세우고
치솟은 삼림(森林) 거니노라면
초연(哨煙) 걷힌 밭두덕가
풍장 울려라.

「완충지대(緩衝地帶)」(『아사녀』, 1963)

"중립의 초례청에서 맞절할지니"(「껍데기를 가라」)라는 표현이 나오기 4년 전에 '완충지대'의 꿈은 싹트고 있었다. 그리고 제3부 장시에 들어가기 전에 신동엽은 잠시 쉬는 시를 마련한다. "여름날 홍수 쓸려 죄없는 백성들은 발버둥쳐 갔어요. 높아만 보세요, 온 역사 보일 거예요."라면서 그는 바로 보는 역사를 독자에게 촉구한다. 그리고 제2부 마지막 시에서 "힘이 있거든 그리로 가세요. 늦지 않아요. 이슬 열린 아직 새벽 벌판이에요"(「힘이 있거든 그리로 가세요」)라며 포스트 식민지적 상황에서 절망하지 말 것을 주문한다.

2) 「이야기하는 쟁기꾼의 대지」와 '낙지발'

시집 『아사녀』의 첫 시가 「진달래 山川」이었고, 2부 끝 시가 「힘이 있거든 그리로 가세요」이고, 시집의 마지막으로 제3부에 1959년 신춘문예 당선작인 장시 「이야기하는 쟁기꾼의 대지」를 실었다는 것은 대단히 중요한 의미를 갖는다. '이야기하는 쟁기꾼'이란 그가 「시인정신론」에서 말한 바로 '전경인'이다.

이 시집에서 신동엽은 1960년대에는 제2차 세계대전 후 일부 저

개발국가가 그랬던 것처럼 매판적 자본과 봉건지주의 뿌리가 잘리지 않고 여러 가지의 변신으로 잔존하면서 신(新)중심부 국가인 미국의 정치·정보·문화 등을 도입하여 새로이 성장하는 테크노크라트나 군부 등의 신중간계층과 결탁하면서 반도 내의 여러 변혁요구와 정면으로 충돌하게 되는 과정을 형상화한다. 장시「이야기하는 쟁기꾼의 대지」는 '원수성'을 동경하면서, 포스트 식민주의 문제를 담아내고 있다.

장시의 특성을 단시와 비교하자면, 내용면에서 장시는 단시보다 월등하게 많은 '산문정신(散文精神)'을 용해시킬 수 있다. 이 산문정신이란 역사적 성격을 지닌 인간을 대상으로 하며 사회적인 여러 조건이 시에 미치는 영향 및 시인이 사회를 투시하는 비평안(批評眼)을 포함하는 개념이다. 이에 따라서 장시는 그 산문정신을 담을 구성원리도 중요하다. 짧은 서정시나 단일한 단위로 이루어진 관념시로는 다루기 어려운 포괄적인 문제가 가로놓인 경우에, 시인은 장시라는 '포괄적 구성원리'를 택하게 된다. 그래서 장시는 여러 단위로 해체할 수 있는 복합적 단위의 문학적 장치를 사용하여 길이를 유지시키는 나름의 구성원리를 갖춤으로써 우리 앞에 가로놓인 삶의 문제를 비교적 포괄적으로 형상화할 수 있다.

동엽은 두 편의 장시를 남겼다. 첫 번째는 그의 데뷔작인「이야기하는 쟁기꾼의 대지」이고, 두 번째는 그가 죽기 수개월 전에『여성동아』에 발표한「여자의 삶」(1969)이다.

「쟁기꾼의 대지」를 보면, 이 장시는 당시 우리 시문학의 상황에 비추어 볼 때 독창성과 힘을 지닌 문제작이었음을 알 수 있다. 「쟁기꾼의 대지」는 서화·본화(제1화~제6화)·후화로 짜여져 있다.

① 서화에서는 대지(大地)와 쟁기꾼과의 운명적 관계가 여성 화자
　　를 통하여 말하여진다.
② 본화에서는 이야기의 시작과 목적이 서술된 후, 학살자와 죽
　　은 이를 위한 진혼(鎭魂)이 노래된다. 그리고 두만강변의 할아
　　버지를 통해 민족비극은 증언된다. 그리고 비극을 극복하기
　　위해 몰아내야 할 것들이 제시되고 그 대신에 새로운 생산성
　　에 대한 추구가 여성 화자를 통하여 말하여진다.
③ 후화에서는 미래에 대해 시인이 질문을 던지면서 끝을 맺는다.

　신동엽은 이렇게 많이 용해된 산문정신의 이야기를 독자에게 정
확히 전달하기 위해 다양한 어조를 사용한다. 각 단위는 '~한다나
요?', '~이시더라', '있었삽니다', 또는 때에 따라서 명령형을 쓰면
서 독자를 작품 안에 끌어들이기도 하고, 대상과 멀찍이 떨어지게
하기도 한다. 특히 제4화에서는 두만강변의 할아버지의 말을 그대
로 인용함으로써 사회적 사건에 대하여 객관적 증명을 시도한다.
어조란 보통 언어 외적 상황을 동시에 포괄하게 되는데, 그의 어조
는 그 언어 외적인 시인의식과 더불어 단어에 변화를 주고 화자를
바꾸는 것뿐만 아니라, 간신히 산문시 형식을 도입하거나 연과 행
의 갑작스러운 변화로 시에 재미와 속도가 붙게끔 장치된다.
　서화가 대지와 합일된 쟁기꾼의 '원수성 세계'에 대한 고백이라
면, 본화는 '차수성 세계'의 비극적 내용을 담고 있다. 그래서 후화
는 「시인정신론」에서 "세기는 다만 대기하고 있다"고 말했듯이 미
래의 전망은 의문사항으로 끝나는 것이다. 그러나 이것은 시인이
불행의 원인을 인식하면서도 그것을 극복하기 위한 구체적인 전망
을 결여하였다는 한계를 남긴다. 당시 신춘문예 심사위원으로 그
작품을 선정했던 양주동도 여러 가지 장점에도 불구하고 결말부는

"결정적인 목표 高地의 점령"을 이루지 못했다며, "완전히 무력하다"고 지적했다.

여기서 장시 「쟁기꾼의 대지」를 통하여 시인이 말하려는 것은 무엇인가 생각해보자. 그것은 "낙지의 발" 또는 "만주의(萬主義)"로 상징되는 제국주의 침략과 그 하수인들로 인하여 강요된 '고향상실의식'이다.

> 2차대전 저물어 가기 얼마 전의 이야길세.
> 두만강변(豆滿江邊) 어느 촌락(村落)을 지남 길
> 한 할아버지로부턴 이런 이야길
> 들은 일이 있네.
>
> 우리하고 글쎄 무슨 상관이 있단 말요.
> 왜 자꾸 와 귀찮게 찝쩍이냐 말요.
> 내 멀쩡한 사지(四肢)로 땅을 일궈서
> 강냉이, 고구마, 조를 추수하고
> 옆 마을 해삼(海蔘)장 점북과 바꿔 오구,
> 시집 보내구, 장가 보내구, 잘 사는데
> 글쎄 뭘 어떻거겠단 말이랑요.
>
> 그러나, 그들의 마을에도, 등가죽에도,
> 방방곡곡 벅어 온 낙지의 발은
> 악착스레 착근(着根)하여 수렁이 되었나니.
>
> 그렇다 오천년간 만주의(萬主義)는
> 백성의 허가 얻은 아름다운 도적이었나?
>
> 「이야기 하는 쟁기꾼의 대지」 부분(『아사녀』, 108~109쪽)

말해볼까요. 우리들의 포둥 흰 알살을 덮은 두드러기며 딱지며

면사포며 낙지발들을 면도질 해 버리는 거야요. 땅을 갈라놓고 색
칠하고 있는 건 전혀 그 흡반족들뿐의 탓이에요. 면도질 해버리는
거야요. 하고 제주에서 두만까질 땅과 백성의 웃음으로 채워 버리
면 되요.

신동엽, 「주린 땅의 지도원리」 부분(『사상계』, 1963. 11)

신동엽 시에는 껍데기, 낙지발, 흡반족 등의 부정적인 문체소(文體
素, style-maker)가 등장한다. 시인이 선택하고 지어낸 개성적인 문체
소로 인해 시의 지향성과 폭로 혹은 공격적 색채는 명확해진다. 그
리고 이러한 문체소는 신동엽의 30년 후배인 시인 유하에게서 낙
지 대신 '오징어'로 변주된다. 유하에게 '오징어'14)는 다만 소비적 욕
망을 상징한다. 그런데 신동엽의 '낙지'는 모든 권력을 독점하려는 전
체주의의 상징으로 등장한다. 이 낙지발은 초국가주의(ultranationalism)에
의해 조종되는 적극적인 침략적 욕망을 상징한다. 그것은 내부적인
적일 때는 부패한 정권이고, 외부의 적일 때는 제국주의를 지시한
다.

> 그건 중앙에 도사리고 있는
> 큰 마리 낙지,
> 그 큰 마리 낙지 주위에
> 수십 수백의 새끼 낙지들이 꾸물거리고 있었다
> ……
> 벼슬자리란 공으로 들어오지

---

14) "불빛을 발견한 오징어의 눈깔처럼/ 눈에 거품을 물고 돌진 돌진/ (…중략…)/
촛불들이 기쁘다 구주 기쁘다/ 걸어간다, 보무도 당당히, 오징어의 시커먼 눈들
이/ 신바람으로 몰려가는, 불의 뷔페 파티장 쪽으로(유하, 「바람부는 날이면 압
구정동에 가야 한다 4 : 불의 뷔페」에서)"

않는 법,
밑천을 들였으면
밑천을 뽑아야,
그리고 지금이나
예나, 부지런히 상납해야
모가지가 안전한 법,
그래서, <u>큰 마리낙지 주위엔</u>
<u>일흔 마리의 새끼낙지가,</u>

신동엽, 『금강』(『전집』, 138～139쪽)

큰 마리낙지 주위엔 일흔 마리의 새끼 낙지가, 그리고 그 밑에는 칠백 마리 말거머리, 그 밑에는 농민의 피를 빨아먹는 만 마리의 빈대 새끼들이 들어 붙어 있는 낙지 사회를 시인 신동엽은 마치 오늘날을 예견하듯이 써놓았다. 낙지발은 주변인을 착취하는 총체적인 부패사회의 조직적 구도다. 그리고 그는 이 부패한 권력의 귀신떼들을 "낙지발들을 면도질 해 버리는 거야요. 땅을 갈라놓고 색칠하고 있은 건 전혀 그 흡반족들뿐의 탓이에요. 면도질 해버리는 거야요"라고 기록한다. 그의 시에서 낙지발을 제국주의를 상징하며, 동시에 내부의 부패한 정권을 상징하기도 한다. 신식민주의적(neocolonialistic) 착취와 수탈을 시인은 안팎의 낙지발로 표상하고 있다.

04 │ 언어 – 이항대립과 '이음'

리얼리즘 정신을 표방하는 시에 관한 연구에서 언어 연구는 부차적인 지위에 밀려나 있다. 그러나 사실은 언어 연구야말로 지방

성과 주변성을 드러내는 본질적인 영역일 것이다.

신동엽 시인 자신이 언어에 대해 민감하여 그에 관한 평론 「육십년대의 시단 분포도—신저항시운동의 가능성을 전망하여」(《조선일보》, 1961. 3. 30~31)을 발표한 바 있다. 이 글의 서두에서 기교 위주의 비평 방법을 비판하고 시인들의 사회적 역사적 사상적 위치를 기준으로 분포도를 작성해 보겠다는 의도를 밝힌 후 ① 향토시인 ② 현대감각파 ③ 언어세공파 ④ 시민시인 ⑤ 저항파의 다섯 범주로 나눈다.

> 한국의 최근 10여년 동안의 시사는 이상에서 말한 향토시인, 현대감각파, 언어세공가들에 의해 오로지 색칠해졌다. 하나는 儒仙的인 토착인생이요, 뒤의 둘은 연합군의 進駐와 함께 흘러들어온 신사도적인 도시감각이었던 것이다. 전자는 전원적 심성과 민속과 전설을 바람에 섞어 노래부르려 할 때, 후자는 서구감각과 작시상의 기교를 제일강령으로 내세워 도시적인 서정을 조각하고 있었다.15)

> 그분들은(직업 비평가들—인용자) 지면이 있을 때마다 그 외국시인·외국 비평가들의 이름을 신주처럼 모셔들고 나온다. 그리고 말마다 외래어 투성이다. 그건 마치 변두리 소공장에서 나오는 껌이나 비누일수록 포장 상표는 순영어인 것이 15·6년래의 습속이었듯이. 그러면 시의 정신은 어디서 찾을 것인가. 시의 사상성. 그것이 가지는 인류정신에의 원초적 구심성은 어디서 찾을 것인가.
> 18년의 방종은 너무 길었다. 한국 근대화기의 새벽에 춘원·육당 등은 어찌하여 '민족문학'을 들고 나오지 않으면 아니 되었었던가를 생각해봐야 할 그런 지경에 오늘 우리의 문학은 이르고 있는 것이다.16)

---

15) 신동엽, 「육십년대의 시단 분포도—신저항시운동의 가능성을 전망하여」, <조선일보>, 1961. 3. 30~31 ;『신동엽 전집』, 376쪽.
16) 신동엽, 「시와 사상성」,『신동엽 전집』, 1963. 12. 11.

이 글은 언어 사용에 따라 시단을 분류한 것 같지만, 실은 그가 생각하는 거대한 구상, 거대담론에 따라 시단을 분류한 것이다. 그는 시를 섬세하게 조탁하는 것보다, 자기의 담론을 어떻게 시화하느냐에 더욱 관심을 갖고 있었다. 여기서 그는 당시 시단을 선명한 이분법으로 나누고 있다. 신동엽은 거대담론의 기표다. 그가 김수영에 대해 찬사로 썼던 '민족시인'[17]이라는 표현은 신동엽 자신에게 호명되고 있다. 그의 역사관에 동의치 않는 사람은 냉담한 반응을 보인다.

이제 그 자신은 어떻게 언어를 부려 썼는지 살펴보자. 신동엽의 작품을 일독하면 그가 몇 개의 중요한 시어에 대하여 완강한 집착을 가지고 있음을 본다. 이처럼 몇 개의 중요한 시어를 중심으로 그의 시는 생산된다. 서정시는 단순히 이해되는 것이 아니라 체험되는 것이라 할 때, 한 편의 서정시는 독자가 스스로 주인공이 되어 체험하게 한다. 이러한 체험을 위해 신동엽의 시에서는 토착어의 사용이 중요하게 쓰인다. 예컨대 「향(香)아」에서 쓰이는 토끼몰이, 씨름놀이, 명절밤, 비단치마, 초례청, 놋거울, 상여집과 같은 토착어의 쓰임은 한국인의 원형적 이미지, 곧 그의 말에 의하면 '원수성 세계'를 체험하도록 도와준다. 물론 신동엽의 토착어 사용은 백석[18]과 오장환의 경우와는 또다른 변별성을 지닌다. 이들의 토착어에는 고유의 지역성 혹은 변방성의 미학적 이데올로기가 명확히 드러나 있다. 신동엽의 토착어는 지역성이 돋아보이지는 않지만 그

---

17) 신동엽, 「지맥 속의 분수」, 『신동엽 전집』, 387쪽.
18) 백석의 언어 사용에 대해서는 김응교, 「백석 시 <가즈랑집>의 평안도와 샤머니즘」, 『현대문학의 연구』, 한국문학연구학회, 2005. 11을 참조 바란다.

미학적 이데올로기는 원수성 세계를 겨냥하고 있다. 또한 토착어와 어우러져 보이는 도시의 삶이 배인 언어(전신주, 마이크 등)는 극분업화된 '차수성 세계'를 이미지화한다.

> 도끼는 신기해도
> 손재주가 만든 것이며
> 비행기는 비싸도
> 땅에서 쓰는 것이다
>
> 「이야기하는 쟁기꾼의 대지」 부분

  손재주로 만들어진 신기한 '도끼'와 비싼 '비행기', 즉 토착어와 기계적 언어를 대비시키면서, 비행기도 땅에서 뜬다는 것을 강조한다. 이러한 은유와 비교가 동일하게 되풀이되면서 동시에 음율적인 반복을 통하여 독자에게 서정적 울림을 제공한다. 더불어 이러한 반복은 음율적 울림을 형성하는 데에 끝나는 것이 아니라 일종의 힘을 형성한다. 그 힘의 원리는 비교적 단순한 이미지의 되풀이에서 발생되지만 또한 이념적 내용과 연결되어 있기에 더욱 힘을 지니게 된다. 그런데 그가 너무 시 언어의 단순화에 치중했을 때에는 추상적·관념적 한계를 보여 준다. 하지만 그의 시에서 쓰이는 토착어의 사용은 보다 효율적인 통합의 단위로 작용한다. 그 이유는 토착어가 유서 깊은 역사를 가지고 있으며 공시적으로 많은 사람들의 공유 경험의 분담과 전달에 보다 많이 개입하고 있는 뿌리 깊은 말들이기 때문이다.

  그러나 그가 꼭 갈등과 저항의 시만 쓴 것은 아니다. 시집 『아사녀』 중에 시상이 가장 매끄럽다고 생각되는 「산에 언덕에」는 그의 시비에 새겨져 있을 만큼 대표작이라고 할 수 있겠다.

그리운 그의 얼굴 다시 찾을 수 없어도
화사한 그의 꽃
산에 언덕에 피어날지어이.

그리운 그의 노래 다시 들을 수 없어도
맑은 그 숨결
들에 숲속에 살아갈지어이.

쓸쓸한 마음으로 들길 더듬는 행인(行人)아.

눈길 비었거든 바람 담을지네.
바람 비었거든 인정 담을지네.

그리운 그의 모습 다시 찾을 수 없어도
울고 간 그의 영혼
들에 언덕에 피어날지어이.

「산(山)에 언덕에」(『아사녀(阿謝女)』, 문학사, 1963)

이 시가 평이하게 혹은 편안하게 읽히는 이유는 "눈길 비었거든 바람 담을지네/ 바람 비었거든 인정 담을지네"와 같은 순환론적 자연관에 기초하기 때문이기도 하다. 『노자』 42장을 보면 "만물은 음을 지고 양을 품는다[萬物負陰而抱陽]"19)는 자연주의 사상이 흐르고 있다. 언어와 언어 사이에 대립이 없는, 이른바 '알맹이 / 껍데기'(「껍데

---

19) "만가지 것은/ 어둠을 등에 지고/ 밝음을 가슴에 안고 있다/ ……/ 그러므로/ 사물의 이치란/ 덜어내면 보태지고/ 보태면 덜어지는 것이다(萬物負陰而抱陽/ ……/ 故物或損之而益,/ 或益之而損)" : 김용옥 번역, 『老子』, 통나무, 1989, 105~106쪽.

기는 가라」)의 대립이 없는 세상을 그는 시로 쓰고 싶었을 것이다. 이런 시야말로 서로 대립하는 역사의 틈(break)을 봉인하려는 '이음'의 표현일 것이다. 그러나 그는 그리움을 노래하는 이런 시만을 쓸 수 없었다.

이제 지금까지의 논의를 도표로 만들면 다음과 같다.

	원수성, 귀수성의 세계	차수성의 세계
	=긍정의 세계 ≒제유적 표현	=부정의 세계 ≒환유적 표현
「풍경」	히말라야 산록, 하얼빈, 순이, 의정부, 지중해 바닷가	탱크부대, 이국(異國) 병사는, 순이. 백인 병사, 이스라엘, 상륙용(上陸用) 보오트, 제트 수송편대, 부우연 수송로 가엔, 굵은 송유관
「힘이 있거든 그리로 가세요」	새벽벌판	황무지
「이야기하는 쟁기꾼의 대지」	손재주, 땅,두만강변, 촌락	낙지(발), 새끼 낙지도끼, 비행기

어떤 단어나 표현은 원수성의 세계에 넣어야 할지, 귀수성의 세계에 넣어야 할지 판단하기 쉽지 않다. 그래서 원수성과 귀수성의 단어는 모두 '긍정의 세계'를 갖는 항목으로 분류해 보았다. 권혁웅(2000)은 신동엽의 언어 사용을 분류하여, 대체적으로 제유를 긍정적인 계열로, 환유를 부정적인 계열로 사용하고 있다고 했다. 상당히 의미 있는 분석으로 공감된다.

제유법(提喻法)은 사물의 일부분으로 전체를 나타내는 방법인데, 이를테면 "사람은 빵만으로 살 수 없다"는 말에서 '빵'은 '식량'을 나타내고, 이상화의 시 「빼앗긴 들에도 봄은 오는가」라는 물음에서 '들'은 곧 국토를 제유한다. 이렇게 본다면, 신동엽의 긍정적인 언어들은 대부분 "한라에서 백두까지"처럼 장소를 의미하기에 제유법이라 할 수 있다.

그런데 속성(특징)으로 사물 자체를 나타내는 환유법(換喩法)은 특징은 신동엽 시 언어의 부정적인 표현에서 많이 나타나는 것이 사실이다. "펜은 칼보다 무섭다"라는 비유에서 '펜'은 '문화의 힘'을, '칼'은 '무력'을 환유한다. '금수강산'은 한반도의 속성으로 '대한민국'을 환유20) 한다. '낙지발'이 제국주의, 부패정권을, '쇠붙이'가 무기 혹은 물질적 욕망을 대유하기 때문이다.

이제 『아사녀』에 나타는 신동엽은 거대담론에 의해 '부정 / 긍정'의 이항대립(binarism)이 성립된다. 그리고 '긍정의 세계＝원수성·귀수성의 세계≒제유적 표현'과 이어지고 '부정의 세계＝차수성의 세계≒환유적 표현'과 이어지는 것을 확인했다.

그런데 신동엽 문학을 이항대립으로만 볼 수는 없다. 물론 신동엽 문학에는 분명한 이항대립의 '차이'가 발생하고 있다. 그런데 신동엽은 그 '차이'의 '사이'를 메우려 했다. 차이의 '이음'은 '중립'(「완충지대」, 「껍데기는 가라」)이라는 기표를 통해 나타난다. 그는 부정의 세계인 차수성의 세계를 완전히 부정하지 않았다. 긍정의 세계

---

20) "제유(提喩, synecdoche)와 환유(換喩, metonymy)는 어떤 사물의 부분이나 성질로 그 사물을 나타내는 대유법(代喩法)이다. 제유와 환유는 둘 모두 보조관념만 나타나 있고 원관념이 숨어 있다는 점에서 상징과 유사한 속성을 지니고 있다. 상징과 다른 점이 있다면 숨어 있는 원관념을 쉽게 알 수 있고, 상징과 달리 원관념이 여럿일 수가 없다는 점이다. 즉, 상징의 원관념과 보조관념이 다수(多數)：1이라면, 제유와 환유는 1：1의 관계다(오규원, 『현대시작법』, 문학과지성사, 1990, 309~314쪽).

를 가는 과정에서 차수성의 세계를 통과한다.

　　땅에 누워있는 씨앗의 마음은 원수성 세계이다. 무성한 가지 끝
마다 열린 잎의 세계는 차수성 세계이고 열매 여물어 땅에 쏟아져
돌아오는 씨앗의 마음은 귀수성 세계이다.
　　봄, 여름, 가을이 있고 유년 장년 노년이 있듯이 인종에게도 태
허(太虛) 다음의 봄의 세계가 있었을 것이고, 여름의 무성이 있었을
것이고 가을의 귀의(歸衣)가 있을 것이다. 시도와 기교를 모르던 우
리들의 원수세계가 있었고 좌충우돌, 아래로 위로 날뛰면서 번식번
성하여 극성 부리던 차수세계가 있었을 것이고, 바람 잠자는 석양
의 노정(老情) 귀수세계가 있을 것이다.

　　　　　　　　　　　　　　　신동엽, 「시인정신론」(『전집』, 362쪽)

신동엽은 원수성, 차수성, 귀수성 세계의 독자성을 주목하면서,
차수성 세계를 거치는 도정에서 "인간의 모든 원초적 가능성과 귀
수적 가능성을 한 몸에 지닌 전경인(『전집』, 362쪽)"이 등장한다고 쓰
고 있다. 여기서 우리는 이항대립의 차이를 잇는 '이음의 철학'을 발
견한다. 이렇게 차수성은 귀수성으로 가기 위한 길에 '중립'이 있다.
그런데 중립을 통해 귀수성으로 가는 도상에서 우리는 신동엽의 이
항대립적 인식을 통과해야 한다.

문제는 이 이항대립을 신선한 변주없이 반복해 쓰면 매너리즘이
발생한다는 것이고, 그러나 바로 그 때문에 그의 시는 강렬한 선명
성이 느껴진다. 가령 "제주에서 두만까지"(「주린 땅의 지도원리」), "한라
에서 백두까지"(「껍데기는 가라」) 같은 표현은 그가 만들어낸 강력한
선명성이 있지만, 그 자신이 상투화시킨 단점이 있다. 결국 그의
단점인 매너리즘이 장점인 선명성이 되는 아이러니를 신동엽의 시

언어에서 볼 수 있다.

05 | 임화와 신동엽 – 결론

신동엽의 『아사녀』 연구를 통해서 몇 가지를 확인할 수 있었다.

첫째, 『전집』과 비교하여 원전 확정 작업을 하면서, 『전집』에서 수정되어야 할 사항을 지적했다. 나아가 원전 확정 과정에서 우리는 신동엽의 시창작 과정을 추론할 수 있었다.

둘째, 『아사녀』의 짜임을 검토하면서, 그가 「진달래 산천」을 통해 조국의 비참한 상황을 증언하고, 「풍경」을 통해 그 비극을 세계적 포스트식민주의로 확산시키고, 마지막 장시를 통해 '전경인의 세계'로 시집으로 마무리 하고 있음을 보았다. 이러한 포스트식민주의를 강조하기 위해 '낙지발'이라는 상징이 쓰이고 있음을 보았다.

셋째, 『아사녀』의 언어를 조사하면서, 긍정 / 부정이 대립하는 이항대립을 보았다. 부정에 대한 극적인 선포는 4년 이후인 1968년 「껍데기는 가라」와 서사시 『금강』에서 형상화된다. 그런데 그 이항대립은 '차이'를 드러내는 것이 목표가 아니라, 차이를 잇는 '이음'이 중요하다. 그 이음의 기표는 '중립'(「껍데기는 가라」)이라는 단어로 표기된다.

글을 맺으면서 한국현대시사 100년에 기록된 두 시인을 비교해 본다. 45세에 비극적 운명을 한 시인 임화와 39세에 간암으로 세상을 떠난 시인 신동엽이다.

살아 있을 때, 두 시인 모두 일류시인으로 평가받았다. 프로 시인의 대표적인 임화는 단편서사시의 시인으로 호명되었다. 신동엽의 『아사녀』 출판기념회의 초대장(사진 4)을 보면, 그가 얼마나 문단의 관심을 갖고 있었는지 볼 수 있다. 정한모, 현재훈, 이봉승, 차범석, 노문, 신동문 등 문단인사들이 초대인으로 함께 했다. 장례식 때도 김동리, 박두진 등이 함께 했다.

두 사람 모두 식민지에서 태어났다. 임화는 포스트 식민주의의 아픔을 '현해탄'21)에서 풀었고, 신동엽은 의정부 술집에서 시작하여 지중해, 러시아, 이스라엘, 도쿄 같은 '전세계'(「풍경」)를 보고 있었다. 임화에게 포스트 식민지의 적은 아메리카였지만, 소련은 아니었다. 반면에 신동엽에게 포스트 식민지의 적은 미국은 물론이고 소련, 일본이 모두 포함되었다.

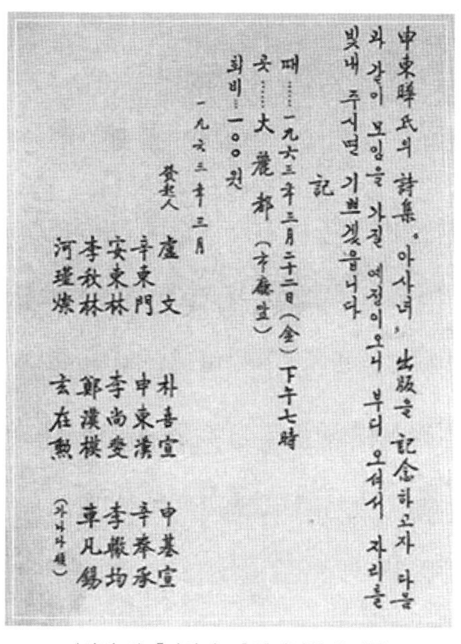

<사진 4> 『아사녀』 출판기념회 초대장

시인 임화는 미제국주의의 간첩이라는 혐의로 죽고, 시인 신동엽은 한국전쟁 때 제2국민병으로 전쟁에 참여했다가 비극적인 '국민방위군 사건'을 경험하고, 이때 집으로 돌아오는 길에 낙동강에서 날게를 먹고, 죽음의 원인이 된 간디스토마와 폐디스토마에 감염되었다. 두 사람 모두 식민주의의

---

21) 김응교, 「임화와 일본 나프의 시」, 『한국근대시와 임화』, 제2회 임화문학 심포지엄 자료집, 2009. 10. 16, 86쪽.

굴곡 아래 희생되었다.

그런데 신동엽의 이런 생각에는 임화라는 거대한 인물이 있었기에 가능했을 것이다. 신동엽뿐만 아니라 김수영 문학에서 나타나는 임화의 영향은 다음 기회에 연구할 과제로 남긴다. 임화의 단편서사시가 있었기에, 그 구비적 상상력은 시인 오장환을 거쳐, "열매 여물어 땅에 쏟아져 돌아오는 씨앗의 마음"이라는 '귀수성 세계'를 통과하여, 동학농민전쟁을 '현재화(顯在化)'하는 서사시 『금강』(1967)이 완성되었을 것이다. 그 사이에 바로 시집 『아사녀』라는 주목받지 못했으나 빼놓을 수 없는 문학적 실험이 있었던 것이다.

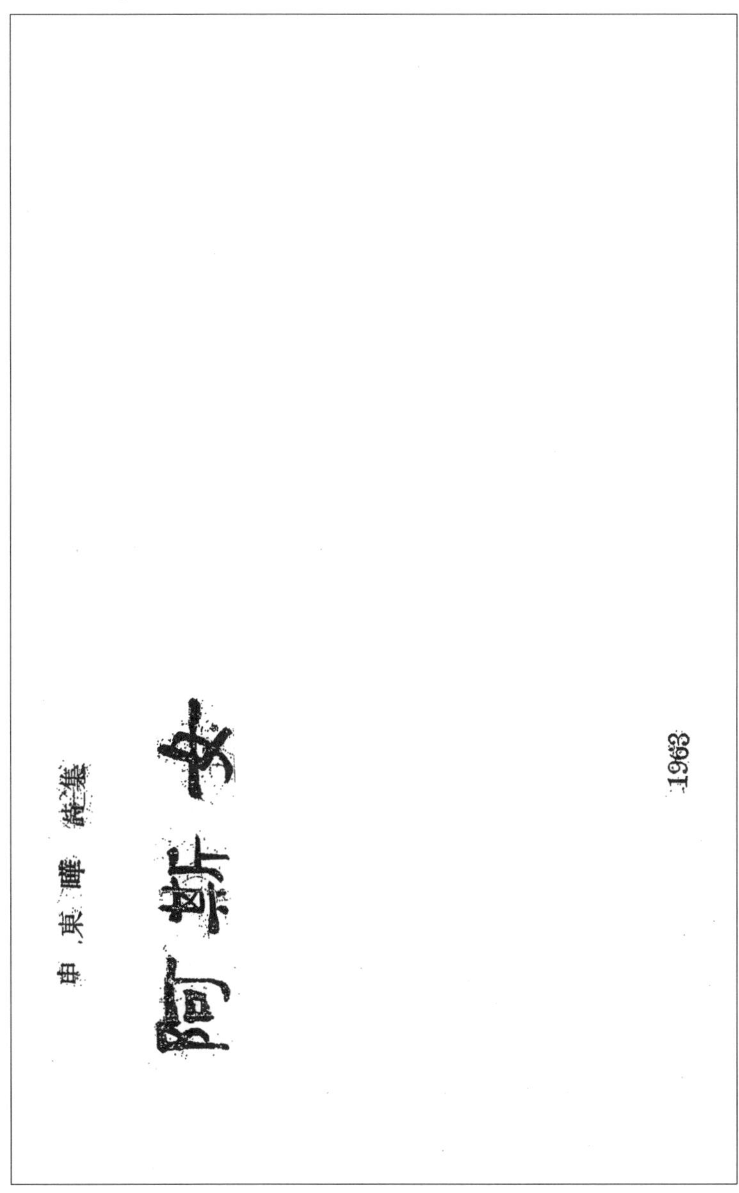
阿斯女
申 東 曄 詩集
1963

阿斯女의 울리는 祝鼓

1

줄줄이 살뼈도 흘러 나려 내를 이루고 怨恨은 물레
밭을 이랑 이뤄 만사꽃을 피웠다.
七月의 太陽과 은나래 젓는 하늘 속으로 眞珠배기 치마
폭 화사히 흩어져 가고 더위에 찌는 黃土벌, 전쟁을
불 지르고 간 原生林에 한 가닥 노래 길이 열려 한가
한 馬車처럼 大陸이 기어 오고 있었다.

59

五月의 숲 속과 뻐꾸기 목 메인 보리꺼럭 傳說밭으로.
가슴 뫼로 허리 논으로 마음 벌판으로 장마철 비 바
람은 흘러 나리고.
산골 물 소리 만세소리 폭폭이 두 가슴 쥐어 뜯으며
달팽이 장장마다 호미 세 자루 조밥 한 줌 흘려보낸
鐵道沿邊 怨墳은 千萬里 멀었다.

구름이 가고 새 봄이 와도 허기진 平野、 낙지뿌리 와
닿은 선친들의 움집뜰에 王朝ㅅ적 투가리 떼는 쏟아져
江을 이루고、 바다 밑 용트림 휘 올라 어제 우리들의
역사밭을 얼음꽃 피운 億千萬 돌창 떼 뿌리 세워

60

하늘로 反亂한다.

2

六月의 하늘로 올라 보아라
푸른 가슴 턱 차도록 머리칼 날리며 늘메기 꼴 익는
六月의 산으로 올라 보아라。

六月의 하늘로 올라 보아라
벗겨진 산 골짝마다 산 열매 익고
개울 앞마다 머리 반짝이는 빛나는 彈皮의 山。
포푸라 늘어선 등성이마다

61

다 피나리봇짐 쇠바퀴 밑으로 쏟아져 간 흰 젖 가슴의
물결치는 아우성 소리를 들어 보아라.

3

목 메어 휘졌던 울창한 숲은 비젖은 빛나는 구름 밭
에 휘저 오르고.
멍석딸기 무덤을 나와 찔레덤풀로 기어들은 渤海는
바위에서 성긴 숲에서 다시 불 붙는 태곳쩍 산
불로 어울려 목숨과 팔뚝의 불 붙는 천지로 타 오른
그날 임진난리의 우렁찬 웨침을 귀 기울여 보아라.

64

침을 삼키며 싱싱한 하늘로 올라 보아라.
이랑진 빨랫터 강 마을 마다 매듭 고흔 손으로 묻어진
어여쁜 地雷의 얼굴, 新武器의 오손 도손한 살림 사리
를 구경하여 보려므나.

六月의 동산으로 올라 보아라.
밀짚 모자 깃을 추켜 이마 훔치던 京釜線 街路樹 총
메인 少女.
참쑥 뭉쳐 꿀꺽이며 鴨綠江으로 濟州島로 바다로 골짜
기로 반만년 쫓기던 민텅구리 죄 없는 백성들의 터진
맨발을 생각하여 보아라.

65

귀밑머리 날리며 二月의 동산에 올라 微笑짓던 사
람아. 다사로워라. 우리들의 田畓만은 傷處 없이
누어 있었구나.

하여, 목 마치게 바위뿌리 나무 등걸 쥐어 뜯으며 뱃
바닥 얼굴 가슴 닳도록 英雄스레 기어 오른 산 마루
턱 턱마다 가슴 턱 차도록 트힌 東海,
구름속 꿈틀거리는 意志 군은 봉우리마다 아우성 섞인
億千萬.
億萬年 여름 날의 뻣죽 지글거린 하늘 끝 억심을 謳
歌하여 보아라.

<61·11· 自由文學>

66

風　景

쉬고 있을 것이다.

일요일 아침, 화창한
아시아와 유우럽
이곳 저곳에서
맹크 부대는 지금
쉬고 있을 것이다.

도오꾜 교외 논 뚝 길을
한국 하늘, 어제 날아 간
異國 병사는
걷고.

히마라야 山麓,
土幕가 서성거리는 哨兵은
흙 문은 생 고구말 버껴 넘기면서
하루삔 땅 두고 온 눈 동자를
회상코 있을 것이다.

숨이가 빨아 숨 허이산길을 열고
허제 이정과 떠나 떼인 뽀사는
어늘 밤, 死海가의
이시과엘 신술제서,
주의제 가난한 저녁에게
떠을 주고.

허시허어 야아럽
이웃 저웃허서
떼크 파버는 지금
뺨을 지고 있을 것이다.

해과과기 러,
저웃허 바닷가의
촌 하가서 마을헌,
언 웅얼, 느壁用 버어트가
낯저畵저 떠올르고.

촤 구름, 하늘
저트 수웅퍼버가
해헝을 건너편,
빨래 널린 마을
떤 밭 뺐인 하해뜰인

쏟아져 나와 구경을 하고.

동방으로 가는
부우연 수송로 가엔,
깡통 주막 집이 문을 열고
대낮, 말 같은 촌 색시들을
팔고 있을 것이다.

어제도 오늘,
동방대륙 에서
서방대륙 · 에로,

18

산과 사막을 뚫어
굵은 송유관은
달리고 있다.

노오란 무우 꽃 핀
智異山 마을.
무너진 헛간엔
할멈이 쓸어져 조을고

평야의 가슴 너머로,
高原의 하늘 바다로.

19

원생의 油田지대로.
모여 간 땡크부대는
지금, 궁리하며

고비 砂漠,
빠알간 꽃 핀 黑人村.
해 저믄 순이네 대륙
부우연 수송로 가엔,
예나 이제나
가난한 촌 아가씨들이

20

빨래하며,
아심 아심 살고
있을 것이다.

21

〈60·2· 現代文學〉

눈 날리는 날

지금은
어데 갔을가。

눈은 날리고
아흔 아홉 구비 넘어
바람은 부는데
상엿집 양달 아래
콧물 흘리며

22

국수 팔던 할멈。

그 논 길을 타고
한 달을 가면, 지금도
일곱의 우는 딸들
걸레에 싸 안고
大寒의 문 앞에 서서 있을
바람 소리여

하늘은 狂亂…………。
까치도 쉬어 넘던

23

동해 마루 턱
보이는 건 눈에 묻은 나,
나와 빠알간 까치밥.

아랫도리 걷어 올린
바람아,
머릿다발 익여 부쳐 山幕 뒷결
다숩던
얼음꽃
입술의 맛이여.

24

눈은 날리고
아흔 아홉 구비 넘어
恨,
恨은 쫓기는데

상였집 양달아래
튜렁끄 끌르며
세탈 갈아 입던 女人……。

25

나의 나

사양들 마시고
지나 오 가시라
없는 듯 비어 둔 나의 자리.

와, 춤 노래 니겨
싶으신대로 디뎌 사시랑.

한물 웃음 뗘 돌아가면

75

나 죽은채로 눈망울 열어
갈겨진 이마 가슴과 허리
황량한 겨울 벌판 돌아 볼련다.

해와 눈 보라와 사랑과 呪文,
이 자리 못 물고
굴러 떨어져 갔음은
아즉도 내 峰우리 치 솟은 탓이었노니。

글면 또 허물으련다
세상보다,

76

백짓장 만큼 낮은 자리에

나의 나
없는듯 누어。

고이 천 만년 내어 주련마
사랑과 미움 어울려 물 익도록。
바람에 바람이 섞여 살도록。

〈62・6・ 新思潮〉

77

힘이 있거든 그리로 가세요

그렇지요, 좋기 때문이여° 벙글벙 지세요, 은 나리 보
일 꺼여°
雜踏 속 있으면 저만 보는것 그것 빛이여° 하늘 부리꺼든
넌출 팔려 속 해앙 나가란 바 눈먼 꺼미거미 헝게안
일일 꺼여°

벼세여° 이맘 끼려 맞 바땟다 죽엉 가는 것항여° 여름날
洪水 솔려 罪 없는 百姓들은 발 펴양해 갔엉여° 벙항만

80

벼세여 은 歷史 벙글껏여여° 이 빼진 古木 땡 그들
저미져 져 있을꺼구여°
하편 당신 살던 고장안 지저꾸한 雜草밭, 하랫드러 불
엉 살던 쓸쓸한 그들 갈 이었음을 눈 뜰 것여°

81

그렇지여, 좀단 더 벙항 벼세여° 벙항지는 햇볓 점 겁
인 하늘 발 바디젼것여° 하편 讀남영 들걸 벼세여°
전혀 엉헝진 그죽 하마지엉서 너꺼지며 뜻항 낭고 엉을
섰수 좋안 땅아낭마 새끼뜰을 발전항것여° 힘이 엉거
든 그리로 가세요° 꽃지 않앙여° 하지 이을 열린 세뱅
발항앙여°

                    <6 1 · 4 · 서울日日新聞>

《長 詩》

이야기 하는 쟁기꾼의 大地

序話

당신의 입술에선 쓰디 쓴 풀 맛 샘 솟더군요. 잊지 못하
겠어요.
몸냥은 단 먹뱀처럼 애절하구, 참 즐거웠어요. 여름날
이었죠.
꽃이 핀 高原을 난 지나고 있었어요. 무성한 풀섶에서
소와 노닐다가, 당신은 가슴으로 날 불렀죠.

바다 언덕으로 나가고 싶어요.
밤 하늘은 참 좋네요. 지금 地球는 旅行을 한다나요?
冠座星雲좀 보세요. 얼마나 먼 세상일까요……。
기중 넓은 세상은 어떻게 생겼을까요. 그럼 그의 밖결
엔 다시 또 딴 마당이 없는 것일까요?

자, 손을 주세요. 밤이 깊었어요.
먼저 쉬이세요. 못 잊으려나 봐요. 우리가 抱擁턴
하늘에 솟은 바위, 그 밑에 깔린 구름,
불 달은 바위 위에서 웃으며 잠 들던 아무것도 걸치지
않았던 당신의 붉은 몸.

언제여든 필요되거든 조용히 시작되는 그 序舞曲으로
白鶴의 大圓 휘파람 하세요. 돌아가 묻히겠어요, 陽달진
당신의 꽃 가슴으로. 아마 운명인가 봐요.
그럼 안녕히.

제 一 話

그늘 밑 꽃뱀 얽혀 있는 산중에서 山蔘을 찾고 있었네.
그날 蔘은 보지 못 했으나, 女人을 맞나, 정성을 다한
씨 심거 주었네.

86

나락이며 보리며 木花씨며 耕地에 뿌리고 돌아 다녀도
아무도 마다 하데. 地球는 이미 먼저 나온 사람들이
한 몫씩 논하 갖고 말아 버렸데.
땅 한번 디뎌도 稅金이 좋아 오데. 바람 마시는 값으
론 코를 베어 주었네.

億光 하늘 아래 절름거리며 지나간 초라빛 나그네 하나
있었다니라. 하여 앞도 뒤도 없는 이야기 몇 말, 路邊
이 뿌리 놓고, 億光 하늘 아래 神明은 처음으로 그곳
서 빛나, 벌은 무지개 宇宙를 벗어나 슬어져 갔다니라.

87

이르노니,
지금 예까지 와 있는 歷史의 重量이여.
당신의 보따리 속에 든 人口며 昆蟲이며 傳統이며 文
明이며, 한데 묶어 머리 이고 하늘향 앞발 한번 버
팅겨 보시지.

짖꽃은 이야기다.
虛虛萬年.
草原이 있고, 냇물이 있고, 陽달이 있고, 毒蛇가 있고,
암과 숫 쌍쌍히 엉켜 새끼 치곤 죽어져 갔다.

88

제 二 話

간 밤에 밟히워 간 가난한 목숨들의 冥福을 위하여.
지금 어디선가 아우성치고 있을 못된 餓鬼들의 鎭魂을
위하여. 그리고는 내일 날 太陽빛 찬란히 빛나 있을
死刑執行場, 꽃바람 부는 郊外, 잔디 밭 언덕으로 끌려
나갈 아름다운 人類들의 눈물을 위하여.

내 동리 불 사른 사람들의 勳章을 용서 하기 위하여.
코스모스 뒤안길 보리 사발 안은채 죽어 있던 누나의
사랑을 위하여.

89

監獄돌 문으려 갈 꽃 상여의 길 닦이를 위하여。 아푸
리카砂漠서 日射病으로 눈 먼 植民地 兵士들의 月給봉
투를 위하여。 그리고는 먼 훗날、 당신이 서 있을 大地
를 쪼개고 솟아 나올 始生代岩層 깊숙히 우리의 大叙
事詩를 새겨 넣기 위하여。

제 三 話

내가 온달 때 당신은 구름 덮으시더라。
나는 遠視。 그래서 당신은 멀리 있어야
잘 생각 난다 이렇더니、 싫어도 당신은 꼬덕이시 이더라。

90

무엇을 너는 내게 요구코 있는건가。
나의 肝 말인가?
금니빨 말인가?
귀 말인가?

옛날엔 명실상부 직업전투가가 있었삽니다。
이 旗 저 旗 팔려 다니며 城門지기、 호랑이잡이、 이
마에 뿔 돋히고 양 어금 니 쩨져 나온 불쌍한
종족들이 싫었댑니다。

91

어느 날 그들은 줄에도 갔읍니다。
內城에 들어와 玉座를 마련코' 部族 누려 九重
宮闕상 올리고 백성 무릎 위 君臨하여 건하를
호령하고。

나도 물론 種族戰爭에 나가 보았읍니다。
槍 들고 도끼 들고 꼬기리하고 귀기리하고。
닥치는 대로 대갈빡을 바수웅 함지함며 며리
에 영웅 쓰고' 가슴팍을 헤웅선 나마웅 금 달앙
다고。

92

못난짓 피끗 가운데 몸을 담그고
어떤 세월 숨 쉬웅건 사람 들이여'

뜨기는 신기해도
손 재주가 만든 것이며。
비행기는 비처도
땅에서 비는 것이다。

피뢰의 일하는 쌀이 하루 세 사발'
首相 남의 大陽에는 비게가 하루 세 사발'
大憲章은 尊嚴해도 거지의 眼鏡이다。

93

못난것 버릇 가운데 맘을 담고
어떤 세월 버릇여 간 사람들이여'

까마귀는 너펴의 산달이 가슴 위에
구비기를 조하서 수동일 마을 지고
장군님의 尊顔 위에 평소히 앉하서
누겁을 ■ 먹고신 가져갈 것이다。

네 고향에 피는 꽃은 마슨 꽃일까。
봄' 갈' 영름' 네 본체에 피 나는 꽃은
마슨 꽃일까。 무진이' 괘랑이' 들菊?

94

95

저것말이다。그런 꽃은 너고향 뜨川에
피, 나지 않는다。

들겁을 가루 질러 달구지가 지나 갔다。
낯 아인 영글들이 허화처럼 피달펴
허맘른 들꽃 위에 부워저 가고 있었다。

꽃으면' 눈퍼과 찾하는 밤
이퍼의 저미항에 산을 넘이편'
다수워' 다슨 피가 한 들려 았을 것일가。

벗이여, 廣漠한 原始林。
人間된 거죽 홀홀히 찢어 던지고
산돼지 되어 두더쥐처럼 살아 갈순 없단 말인가。

아름다운 바람 하늘 높이 흘러 가고
億萬年 햇빛 머리 위에 퍼 붓는다。

어데를 흘러 가는 싸움떼 이계
그 많은 다툼에도 시비가 남았느뇨。

어데를 흘러가는 목숨들 이계

양뿔이 빠지고도 꼬리마저 잘려 있느뇨。

하면、 오늘 밤을 어떻게 할테란가。
＜博愛＞로운 폭약이여、 ＜正義＞로운 侵略이여。

메마른 公分母가
화려한 文明市엔 유세스런 帳幕이고、李道令은 당신네
호랑이 굴 아구리에 네 다리로 막고 서서
꽂혀 오는 화살은 등가죽으로나 헤이고?

山과 山。

毒엔 毒으로.
槍엔 槍으로.
바퀴엔 바퀴로.

太陽 밑에 있고 싶은 者 있게 하고
없고 싶은 者 없게 하라.

싸우고 싶은 者 저희끼리 싸우게 하고
獨尊하고 싶은 者 철창속에 독존케 하라.

투구를 쓰고 싶어 하는 자

쇠항아릴 만들어 깊숙히 씌워 주라.
영웅이 되고파 서두르는 자 로케트에 매달아
大氣밖으로 내 던져 버리라.

무엇이 남겨 졌고
무엇이 돌아 갔는가.

빛나는 여름,
구슬 뿌리며
山脈을 넘어 간.

少女들의
흰 발이여.

지금은 바람 잔
언덕 위

패랭이,
민들레,
들 노래처럼
사라져 간

102

그리운,
이름,
이름이여.

103

제 2 부

한국문학 연구

| 방인석 |
김수영 시의 탈식민성 연구

| 정미지 |
1960년대 '문학소녀' 표상과 독서양상 연구

| 김희정 |
조태일 시의 아이러니 연구
―멜랑콜리의 형식으로서의 아이러니

김수영 시의 탈식민성 연구

방 인 석*

본 연구는 김수영 시의 탈식민성(postcoloniality)을 고찰함으로써 궁극적으로 김수영 시의 사회·역사적 의미를 정립하는 것을 목적으로 한다. 주지하듯이 김수영의 삶은 식민과 해방, 전쟁과 분단을 경유하는 한국의 질곡의 역사와 함께 구성되었으며 그의 시는 이러한 현실에 대한 실질적 대면과 실천적 명상의 산물이다. 따라서 시와 현실의 상관성을 적극적으로 고찰하는 것은 김수영 시의 의미에 접근하는 유용한 방법이라 할 수 있다. 이러한 맥락에서 본 연구는 김수영의 시와 해방 이후에도 한국 사회에 지속적으로 영향력을 행사한 제국주의적 지배의 상관성을 고찰함으로써 김수영 시의 사회·역사적 의미를 살펴보고자 한다.

시인의 위상에 대한 김수영의 신념은 "진정한 시인이란 선천적

---

* 경희대학교

인 혁명가"라는 명제에 오롯이 담겨 있다. 언어를 통해 자유를 읊고 자유를 사는 것, 자유를 향한 불가능한 꿈을 온몸으로 밀고 나아가는 것, 시인은 언어와 언어 아닌 것의 경계에서 비로소 자신을 증명한다. 시인은 역설적으로 언어의 해체라는 불가능을 사유하는 한에서만 그 존재성을 현시할 수 있는 비극적 운명의 소유자이다. 따라서 끊임없이 반복되는 도약과 탈주는 시인이 짊어져야 할 운명과 같은 것이다.

본 연구는 시인에 대한 김수영의 존재론적 역설을 토대로 김수영 시의 탈식민성에 접근한다. 김수영은 시를 사회적 담론의 표상으로 사유하며 시적 자유와 정치적 자유를 통합한다. 또한 시의 담론적 실천성을 강조하며 시인을 담론의 해체와 재구성의 주체로 규정한다. 따라서 그의 시는 창조적 삶의 형식을 향한 웅변이며 외침이다. 그의 시는 미학적 차원을 넘어, 정치적 무의식에 대한 저항의 형식이며 실천적 행위이다.

시와 시인에 대한 김수영의 신념과 태도는 그의 시를 탈식민적 텍스트로 사유할 수 있는 근거이다. 언어, 담론, 텍스트성 등의 개념을 통해 동일성의 주체와 타자화된 세계를 이해하려는 탈구조주의와 이러한 사유를 기반으로 하여 식민자의 삶을 구체화하고 식민지 현실을 재구성하려는 탈식민주의는 김수영의 시를 이해하는 데 적극적으로 활용될 수 있다. 요컨대 김수영의 시는 식민주의 담론을 전유하고 그것과의 차별화를 시도함으로써 지배 담론의 해체와 전복을 수행하는 탈식민적 텍스트로 환원될 수 있다.

주지하듯이 김수영의 시는 서구 문학과의 영향 관계에서 자유로울 수 없다. 김수영이 급진적인 실험 정신으로 지배 담론에 대한 저항과 전복을 꾀한 모더니즘(modernism)의 영향을 받았다는 것과 모더니즘의 핵심 개념인 미적 자율성이 그의 시를 지탱하는 근간이라는 것은 부정할 수 없다. 또한 김수영이 한국 현대시의 현실을 직시하고 그 후진성을 신랄하게 비판할 수 있는 근거이자 궁극적으로 한국 현대시의 전망을 모색할 수 있었던 기반은 다름 아닌 미적 근대성(modernity)이었다. 하지만 미적 근대성만을 강조한 나머지, 김수영의 시를 모더니즘의 한국적 증상으로 정립하는 것은 김수영의 시를 특정한 틀에 가두어 사유하는 것이며 특히 한국의 특수한 사회·역사적 조건에 대한 비판의 형식으로 생성된 김수영 시의 실천적 의미를 간과하거나 축소하는 것이다.

사실 김수영의 시는 매우 추상적이고 모호하다. 김수영 시에 대한 해석적 지평의 확대는 시의 모호성과 무관하지 않다. 이른바 시의 모호성이 해석의 다양성을 용인하는 근거로 작용한 측면이 없지 않다. 그런데 정작 김수영에게 시적 모호성이란 "시작(詩作)을 위한 정신구조에서 가장 높은 곳을 차지하는 최첨단의 부분"이며 "무한대의 혼돈에 접근하기 위한 유일한 도구"이다. 그에게 시적 모호성은 자유의 형식이자 시작(詩作)의 정수(精髓)였다. 그러고 보면 그는 자신의 시론을 확실하게 실천하고 있는 셈이다. 요컨대 김수영 시에 대한 다양한 해석의 근거는 시의 모호성이 아니라 시에 대한 사유와 끊임없이 활성화되는 시의 역동성에서 찾아야 할 것이다.

김수영 시에 대한 연구는 한국문학사에서 차지하는 그의 높아진 위상을 반영하듯 다각적으로 진행되었다. 따라서 그에 대한 연구사를 개괄하는 것은 한국문학의 지층을 식별하는 동시에 당대의 문학적 관심을 확인하는 작업이기도 하다. 김수영의 시는 당대 문학의 특수성 안에서 긍정적 평가와 부정적 평가를 넘나들었으며, 때론 없는 듯 미미한 평가를, 때론 김수영 신화라 할 정도로 집중적인 조명을 받으며 오늘에 이르고 있다. 상이한 평가와 다양한 해석으로 얽히고설킨 기존의 연구 성과들은 향후 김수영 시 연구의 자양분으로서 보다 면밀하고 깊이 있는 연구의 가능성을 높이는 데 기여할 것이다. 이들은 김수영 신화를 넘어 김수영 시의 진면목을 밝힐 수 있는 귀중한 열쇠임이 분명하다. 그러나 이러한 연구 성과에도 불구하고 김수영 시에 대한 연구가 미진하다고 판단한다면, 그것은 그의 시가 여전히 현실과 매개되어 있으며 현실을 이해하고 해석하는 인식적 지평을 확보하고 있음을 반증하는 것이다. 이를 좀 더 적극적으로 해석한다면, 김수영의 시는 당대의 문학적 사유가 도달하지 못한 영역을 구축하고 있으며 그러한 문학적 선도성이 현재의 문학 담론 안에서 자연스럽게 표출되고 새롭게 인식되고 있다고 할 수 있다.

본 연구가 주목하는 담론의 형식으로서의 시, 담론에 대한 저항의 형식으로서의 시, 사회·역사적 현실에 대한 실천적 명상으로서의 시, 그로부터 파생되는 새로운 삶에 대한 열망과 그 열망이 구현하는 사회 변혁의 가능성 등은 미학적 공간에 한정하여 사유할 수 없는 김수영 시의 사회·역사적 지평을 끊임없이 환기한다. 또한 '형식과 내용의 동시적 이행(履行)'으로 정립할 수 있는 김수영의 시론은 그의 시의 담론적 성격을 명백하게 드러낸다. 김수영의 시는 과거에 얽매이지 않고 현재에 집중한다. 현실을 직시하고 보편성과 위계적 권위에 저항한다. 그의 시는 현실의 변혁을 추동함으로써 새로운 삶의 형식을 구현한다. 이런 이유로 본 연구는 김수영의 시를 탈식민적 인식과 실천을 내재한 탈식민적 텍스트로 사유한다. 이는 김수영의 시를 제국주의적 지배체제 안에서 사유하는 것이며 궁극적으로 그의 시의 사회·역사적 지평을 확립하려는 시도이다.

본 연구는 탈식민주의에 근거하여 첫째, 김수영이 경험한 한국의 현실을 제국주의와의 영향 관계 속에서 파악한다. 둘째, 김수영을 서구적 가치를 수용한 혼성적 주체, 더 나아가 제국주의 담론을 전유한 탈식민(postcolonial) 주체로 인식한다. 셋째, 김수영의 시를 문화적 교섭(negotiation) 과정에 내재된 차이의 표상으로 사유한다. 이는 김수영 시의 담론적 성격을 강조하는 동시에 그의 시를 탈식민적 텍스트로 규정하는 것으로 김수영 시의 탈식민성을 고찰하기 위한 기본 전제이다. 그리고 김수영의 시를 근대의 수용과 근대적 주체의 확립 과정으로 인식한 기존의 근대성(modernity) 논의와의 차별성을 강조하는 것이다.

탈식민주의(postcolonialism)는 제국주의적 지배에 대한 능동적이고 적극적인 저항의 담론이며 제국주의적 침략의 역사와 그로부터 파생된 정치, 경제, 사회, 문화적 제반 조건들에 대한 이론적 접근 방법으로서 복잡하고 다양한 피식민지의 역사적 현실을 텍스트로 삼아 은밀하게 작동하는 제국주의 담론을 가시화한다. 좀 더 적극적인 의미에서 탈식민주의는 제국주의 담론의 해체를 시도하는 한편 새로운 삶의 형식을 모색한다. 특히 해방이라는 역사적 상황에서 촉발되는 인식론적 혁신, 변화된 정치적 환경에 대응하는 문화적 변용과 창조, 제국주의적 세계 체제에 대한 비판과 저항이라는 의미에서 매우 실천적이고 정치적인 개념이라 할 수 있다. 장구한 역사에도 불구하고 제국주의적 세계 체제가 유지되는 한 탈식민의 역사는 지속될 것이며 더불어 탈식민주의의 담론적 실천성은 여전히 유효하다.

탈식민주의가 환기하는 언어의 담론적 성격, 언어에 대한 지배력을 통한 제국주의적 지배 전략, 그리고 상징화된 제국주의적 지배 방식은 김수영의 시와 밀접하게 연결되어 있다. 첫째, 탈식민주의는 제국주의에 대한 저항의 역사를 기반으로 구성되었다. 둘째, 탈식민주의는 주체와 타자, 중심과 주변, 주인과 노예, 문명과 야만의 이분법에 근거한 서구 중심적 보편성과 위계적 권위에 저항하며 타자로 전락한 피식민지의 현실을 문화적 교섭 과정으로 인식함으로서 새로운 담론의 가능성을 예비한다. 이른바 차이는 주체의 자기 동일성을 해체하고 위계적 질서를 폭로한다. 셋째, 탈식민주의는 제국주의적 지배로부터 파생된 다양하고 복잡하며 특수한 역사적 현실을 텍스트로 삼아 여전히 지속되는 제국주의 지배를 가시화하며 제국주의 담론의 해체와 식민성의 극복, 새로운 삶의 재구성을 추동한다. 한편, 텍스트란 실질적인 사회적 관계의 산물로서만 정당화될 수 있으며 역사적 현실을 초월하여 독립적이고 객관적으로 존재할 수 없다. 텍스트에 대한 탈식민주의의 시각은 현실에 대한 실질적인 대면 과정에서 형성된 김수영의 시를 이해하고 해석하는 데 매우 유용하다고 할 수 있다.

Ⅲ장 1절은 김수영의 현실 인식과 그의 내면을 장악한 비애와 설움의 의미에 대한 고찰이다. 김수영은 해방 이후 한국의 현실을 후진성과 속물성으로 가득 찬 세계로 인식하고 강렬한 비애와 설움을 경험한다. 그의 현실 인식은 한국 사회에 대한 냉철한 인식에

근거하며 비애와 설움은 여전히 지속되는 제국주의적 지배에서 비롯된다. 해방 이후 한국 사회는 미국과 소련으로 대표되는 세계 체제에 통합되었으며 이후 미국은 정치, 경제, 사회, 문화 등 한국 사회 전반에 지배력을 행사하며 새로운 형식의 제국주의적 지배 체제를 구축하였다. 식민주의를 넘어 자유를 실현하는 것, 식민성을 극복하고 새로운 역사를 향해 나아가는 것에서 해방의 진정한 의미를 발견할 수 있다면, 김수영이 경험한 한국의 현실은 해방의 역사와 거리가 멀었다. 이러한 상황에서 김수영의 비애와 설움은 한국 사회의 식민성과 은밀하게 지속되는 제국주의적 지배를 폭로한다.

Ⅲ장 2절은 김수영의 탈식민적 현실 인식과 식민성 비판에 대한 고찰이다. 제국주의적 지배와 식민성이 여전히 지속되는 사회에서 '선천적인 혁명가'인 시인의 위상은 강화될 수밖에 없었다. 김수영은 역사에 대한 새로운 인식을 확립한다. 이른바 경험에 기반을 둔 인식의 정지(停止), 정지란 주체의 인식적 기반을 스스로 해체하는 태도로, 역사적 경험으로부터 자신을 유폐시키는 것이다. 이를테면 식민의 경험과 그로부터 파생된 인식을 정지함으로써 제국주의적 지배와 식민성으로부터 탈주하는 것, 궁극적으로 역사와 시간성이 무화된 공간에 머무는 것이다. 새로운 역사는 정지에서 시작된다. 김수영은 부정할 수 없는 식민의 역사와 여전히 지속되는 제국주의적 지배 현실을 직시하고 삶과 사유에 잠재된 식민성과의 의식적 단절을 시도한다. 이는 제국주의의 역사에 의해 잠재적으로 구성되는 식민성을 가시화하는 동시에 그것을 보편화하려는 제국주의적 지배 전략을 폭로한다.

Ⅲ장 3절은 타자성의 발견과 지배 담론의 해체 방식에 대한 고

찰이다. 김수영의 시는 근대적 사유 너머에서 구성되며 식민주의 담론의 해체를 지향한다. 이는 차이에 대한 통찰을 가능하게 하며 식민성의 극복에 기여한다. 김수영의 자유는 미학적 공간에 머물지 않고 정치, 경제, 사회, 문화 등 사회 전 영역으로 확대된다. 그의 현대성, 불온성 등의 개념이 문학적 공간 너머를 지향하는 것과 유사하다. 요컨대 시를 통한 자유의 실현이라는 그의 명제는 단순히 미학적 차원에 머무는 것이 아니라 사회·역사적 의미로 확대된다. 특히 그의 '온몸의 시학'은 한국 사회의 식민성을 극복하기 위한 실천적 담론이다.

이상의 고찰을 토대로 본 연구는 김수영 시의 탈식민성을 세 가지로 정립한다. 첫째, 김수영이 재현하고 있는 후진성과 속물성의 세계는 제국주의적 지배에서 벗어나지 못한 한국 사회 전반에 만연된 식민성을 가시화한다. 이는 해방 이후에도 은밀하게 작동하는 제국주의적 지배를 폭로한다는 의미에서 탈식민적 저항의 형식으로 정립할 수 있다. 둘째, 시를 기존 담론의 해체와 새로운 담론의 재구성을 매개하는 담론의 형식으로 사유하는 김수영은 식민자의 자기 은폐와 피식민자의 망각을 드러냄으로써 제국주의적 지배 방식을 폭로한다. 셋째, 김수영은 혼성성을 새로운 삶의 형식으로 전유함으로써 탈식민 주체의 형성을 시사한다. 요컨대 김수영은 담론의 해체 불가능성을 사유하는 동시에 끊임없이 담론으로부터의 탈주를 꿈꾼다. 김수영의 시는 식민주의의 해체와 식민성의 극복, 그리고 새로운 삶의 가능성을 향한 의식적 도약이다.

1960년대 '문학소녀' 표상과 독서양상 연구

정 미 지*

01 | 문제제기

이 글은 1960년대 '문학소녀' 표상의 논리를 밝히고 여학생의 독서 양상을 통한 실제에 접근함으로써 문학소녀의 정체성을 밝히는 것을 목적으로 한다.

'문학소녀'의 사전적 정의는 '문학을 좋아하고 문학 작품의 창작에 뜻이 있는 소녀'이자 '문학적 분위기를 좋아하는 낭만적인 소녀'[1]이다. 이처럼 '문학소녀'에 대한 정의는 모호하면서도 중층적이다. 또한 '문학소녀'는 분명 '소녀'를 지시하면서도 그 범주는 특

---

* 성균관대학교

[1] 표준국어대사전의 정의를 따른 것으로 '문학소녀'가 위와 같이 정의되어 있는 반면 '문학소년'은 표준국어대사전에 등재되어 있지 않다. 거의 쓰지 않는 말인 것이다. 대신 '문학청년'이 "문학을 좋아하고 문학 작품의 창작에 뜻이 있는 청년. 또는 문학적 분위기를 좋아하는 낭만적인 청년"으로 정의되어 있다.

정 연령대를 초월하는 무한정의 속성을 지닌다. 그것은 '소녀'의 쓰임에서 비롯하는 것일 수 있다.[2] '소녀'는 '아직 완전하게 성숙하지 아니한 어린 여자아이'를 의미한다. 이때 '성숙'은 육체적 성숙만을 의미하지 않고 정신적 성숙을 일컫는다. 따라서 소녀는 '여성성'의 타자이자 '성인'의 타자이기도 하다. 물론 그러하기에 '인간'인 남성의 타자임에 말할 것도 없다.

이러한 '소녀'가 근대의 시간과 공간에 놓여 있는 문학과 결합함으로써 문학소녀는 사회·문화적 맥락을 지니는 기호가 된다. 이는 문학소녀의 의미망이 복잡하고 사회·문화적으로 변동되어 왔음을 의미하는 것이다. 그러나 기본적으로 문학소녀는 글을 '읽는' 소녀와 글을 '쓰는' 소녀 사이를 부유하는 존재이다. 대부분의 문학소녀는 글을 쓰기 위해 읽는 행위를 선행하게 한다.

이 연구는 왜 '문학소녀'가 어떤 여성 주체들에게 '이루지 못한 꿈'처럼 인식되며 언제나 과거에 대한 '기억'으로부터 호출되는 정체성인지에 대한 질문에서 시작된다.[3] 이 질문은 책읽기와 글쓰기를 둘러싼 여성의 욕망이 '있었음'에도 불구하고 그 욕망은 어떤

---

2) 마흔 일곱 살의 가수 이선희는 여전히 '영원한 소녀'로 호명된다. 이선희를 여전히 소녀로 보는 이유는 "고운 피부와 소녀적인 정서, 맑은 음성" 때문이다. '소녀'가 특정 연령대를 지칭하는 용어가 아닌 육체적·신체적 특성에서 비롯되는 것임을 알 수 있다. http://news.sportsseoul.com/read/entertain/935363.htm

3) 예컨대 이창동 감독의 영화 <시>에 등장하는 60대의 미자는 실상 영화에서는 '문학소녀'라 불리지 않음에도 각종 미디어에서 '문학소녀'로 소개된다. 문화강좌에서 시를 배우는 미자는 시를 왜 배우냐는 질문에 이렇게 답한다. "옛날에 초등학교 3학년 때였나. 그땐 가을되면 백일장 같은 거 하고 그랬잖아요. 백일장에서 내가 쓴 거를 보고 선생님이 '미자야 너 나중에 시인되겠다' 그랬거든요. 근데 얼마 전에 길에서 문학강좌 포스터를 봤는데 갑자기 딱 그 생각이 나는 거예요. 50년 전에 우리 선생님이 했던 말."

방식으로든 좌절될 수밖에 없었다는 사실을 담고 있다. 따라서 이 글은 읽기와 쓰기를 둘러싼 여성에 대한 억압과 자신의 존재를 인식하고 목소리를 내고자 했던 여성들의 열망의 구조를 확인하기 위한 작업이 될 것이다.

문학소녀들은 식민지기 처음 등장했다지만, '문학소녀'는 어느 시기에 생성되어 그 시대의 담론을 통해 형성되었다가 소멸한, 특정 시대를 표상하는 기호가 아니다. 그럼에도 불구하고 1960년대를 중심으로 문학소녀 표상에 대해 고찰하고자 하는 이유는 여전히 문학소녀 표상이 흔적으로 남아있기 때문이다. 그리고 그 흔적이 1960년대로부터 시작되기 때문이다. 오늘날의 여성 독자, 특히 여학생 독자층은 한국 소설의 가장 중요 독자층으로 보존되고 있으면서도, 단지 문학뿐 아니라 공연·전시·영화 등 모든 문화적 소비와 유행의 선도적 창조자이다. 그들의 존재방식과 행동양식은 인터넷 소설·팬픽 등 하위 장르를 개척하는 등 이전 세대의 여학생 독자층으로부터 변화했다.4) 하지만 오늘날의 20~30대 여성 독자들은 더 이상 '문학소녀'라는 기표로는 호명되지 않는다. 반면 1960~70년대에 학창시절을 보냈던 고연령층의 여성들을 통해서 '문학소녀'의 흔적을 찾을 수 있다.5) 그들은 오늘날 다시 글을 쓰고 작가가 됨으로써 문학소녀로 호명된다. 문학소녀의 표상은 그들의 욕망이

---

4) 천정환은 가족과 결혼의 문제를 대하는 여성들의 태도변화에 따라 2000년대 이후 여성 소설의 중심 서사도 변화해가고 있다고 언급한다. 천정환, 「2000년대의 한국소설독자Ⅱ」, 『세계의 문학』 제32권 1호, 2007, 민음사, 299쪽.

5) 「58세 캠퍼스 새내기 "마음은 문학소녀"」(<경향신문>, 2003. 5. 14.)나 「65세에 이룬 해방둥이 문학소녀의 꿈」(<매일신문>, 2010. 12. 17.)과 같이 오늘날의 문학소녀는 주로 60~70년대 학창시절을 보낸 여성들에 대한 호명과 결합한다.

생성되었던 1960년대로 거슬러가야만 가장 적확하게 설명될 수 있는 것이다.

실질적으로 문학소녀의 등장은 여성 교육제도의 확립과 연동된다. 1908년에 고등여학교령이 발포되고 여성이 신식학교에서 근대적 교육을 받기 시작하면서, 문해력이 증가한 여성들은 문학의 독자로서 등장하기 시작한다. 그러나 쓰기능력과 고등학력을 가진 조선의 여성 문인은 예외적인 존재였다. 1930년대에 들어서야 '여류작가'에 대한 논쟁이 시작되는데 문사들의 문학적 창작 수준에 대한 비판의 연장선상에서, 혹은 여성에 대한 저널리즘적 횡포에 대한 비판과정에서 부정적 논의가 이루어졌다. 여성작가의 존재를 인정하자는 논의 역시 '여성작가의 장래성'을 위한 호칭이었다는 점에서 여류가 수적으로 열세였으며 여전히 남성을 중심으로 한 문단 지형이 뚜렷했음을 알 수 있다.6) '여류 작가'는 그 판단 기준이나 범주가 유동적이고 모호했다. 작품이 없는 여성들조차 '여류작가'의 반열에 오를 수 있었고 남성문인들과의 교류가 가능한 기자직이 '여류문인'으로 분류되기도 하는 등 조선의 여성 작가군은 실질적으로 '문학'이 아닌 여성의 사회적 지위를 기반으로 형성된 것이라고 볼 수 있다.

한국 문학사에서 본격적인 '여류'의 조직화는 1960년대에 이르러 나타났다. 1965년 여성 문인들은 '한국여류문학인회'라는 이름으로 단체를 만들고 기관지의 이름을 『여류문학』으로 명명했다. '회원 상호간의 친목도모와 작품 활동상의 권익 옹호, 여류문학인

---

6) 심진경, 「문단의 '여류'와 '여류문단'―식민지 시대 여성작가의 형성과정」, 한국여성문학학회 저, 『한국 여성문학 연구의 현황과 전망』, 소명출판, 2008, 304쪽.

공통의 과제연구'를 창립목적으로 여성 문인들 스스로 '여류'로서의 정체성을 형성하고 있었다.[7] 제도적으로나 '여성 작가'의 내면적으로나 '여류'는 1960년대 들어 그 성격과 모습을 달리한다.

이렇듯 시대마다 여성 작가의 성격과 모습이 상이하듯 문학소녀의 표상 체계도 다를 수밖에 없다. 그러나 식민지 시기와 1960년대의 문학소녀의 차이는 문학을 지망하는 소녀들의 수적 비율에 국한하지 않는다. 이는 전체 문화에서의 여성의 지위의 차이, 여성을 둘러싼 지배 담론의 배치의 차이, 실질적인 여성의 문화적·법적 차이 등으로부터 연유한다. 여성문학의 '외부'를 형성하는 이러한 조건의 차이는 실질적으로 여성 문학의 내부의 차이도 생산하는 것이다. '문학소녀'를 통해 그 차이가 형성되는 과정을 확인할 수 있다. 그러나 1960년대 이후의 '여성 문학'을 완성태로 보거나 성격을 선험적으로 규정한 상태에서 문학소녀를 논한다는 것은 문학소녀를 연구하는 논의의 핵심에서 벗어나는 것일 것이다.

이 연구는 근대 초기에 등장하여 현재까지 남아있는 '문학소녀' 표상이 (재)맥락화되는 과정을 살펴봄으로써 '문학소녀'의 표상과 정체성을 규명할 것이다. 이를 통해 1960년대의 '여성'작가, '여성' 문학의 기원을 재고할 수 있는 정초로서의 의의를 갖는다.

---

7) 박정애는 여류문학회 회원들이 근대의 선배 여성작가들에게 선배로도 문인으로도 인정해 주지 않는 배제 심리가 있었다고 말한다. 그 거리감은 현모양처로서의 가치와 자유로운 개인으로서의 가치 중 대개 후자를 선택했던 선배들에 비해 여류문학인회 회원들은 대개 전자를 선택하는 경향성을 보인다는 데에서 발생한다고 보고 있다. 여류문학인회 회원의 77%가 가정주부 겸 작가였음을 들어 보이며 삶과 문학을 상이한 범주로 분리하고 문학보다 삶에서 보수적인 윤리의식을 수호하고 있었다고 말한다. 박정애, 『'여류'의 기원과 정체성—50~60년대 여성문학 연구』, 한국학술정보, 2006, 49~51쪽.

02 | '문학소녀' 표상의 형성 배경과 전개

1) 1920~30년대 신여성과 근대적 독서

'신여성'의 등장과 함께 근대적 여성의 독서가 시작되었다고 해도 과언이 아니다. 물론 1920년대 초의 여성 독자 수는 그리 많지 않았다. 1920년대 중기 이후 여성 독자는 남성에 비해 여전히 상대적으로는 적었지만 꾸준히 증가하고 있었다.[8] 1930년 한글과 일어를 읽고 쓸 수 있는 여성은 1.9%, 한글 또는 일어를 읽고 쓸 수 있는 여성은 10.5%에 머물렀지만 신교육을 받은 1.9%의 여성의 힘은 대단했다. 그들은 전체 사회변화의 표징이었기에 집중적인 관심의 대상이었으며, 그만큼 작가와 지식인들에게 영향력을 끼치고 있었다.[9] 신여성은 남녀 평등을 지향함으로써 여성을 억압했던 구시대의 관습을 타파하고 '여성 해방'에 연관된 상상적 주체로 등장하였다. 이때 여성 해방의 기초가 되는 것이 바로 '근대적' 지식을 섭취할 수 있는 '독서'였던 것이다. 그러나 독서의 중요성을 강조하는 것과 더불어 여성 독서의 내적 질을 규범화하려는 언설이 이어진다.

1931년 9월 16일자 동아일보에서 경성부립도서관의 열람자와 독서경향을 보도하는데 학생은 대개 과학서적을 즐겨 읽으며 "일반부인의 애독물은 역시 련애지상주의의 련애소설"임을 밝히고 있

---

8) 경성도서관의 열람자로 살펴보면 1923년에는 남자는 매월 평균 6,400여명, 여자는 한달에 많으면 24명, 적으면 6~7명이었다. 1927년도 5월의 열람자는 조선인 3,471명중 남자는 3,322명, 여자 99명으로 나타났다. 윤금선, 『우리 책읽기의 역사』 1, 월인, 2009, 115~116쪽 참조.
9) 천정환, 『근대의 책읽기』, 푸른역사, 2003, 339~343쪽.

다. 여성들이 이러한 연애소설과 같은 문예물을 읽는 것에 대해 "우리 녀학생계의 사상을 악화"시키므로 "좀 고급으로 사회과학서류를 탐독"[10]할 것을 요구하고 있었다. 여성 독서가 규범화되는 양상은 신여성에게 '사상'과 '상식'을 위한 독서를 지도하면서 연애소설이나 연재소설을 포괄하는 소설 읽기를 비판하는 것이었다. 기실 남성 역시 문예물의 독자로 자리매김하고 있었음에도 불구하고 연애소설의 독자로 상정된 신여성에 대한 비판적 언설은 이어졌다. 연애소설을 읽는 남성에 대한 우려가 '풍기'와 같이 직접적인 윤리 문제와 맞닿아 있었다면 여성 독자들에게 가해진 비판은 아직 실현되지 않은 여성 일탈에 관한 것이었다.

여성이 연애물과 같은 소설을 읽음으로써 타락과 방종에 이르게 될 수 있다는 남성 지배 주체에 의한 비난과 우려의 목소리가 높아졌다. 그러나 여성이 연애소설의 독자로 부각되고 여성의 사상과 행위를 구속하기 위한 언설이 등장한 것은 연애담론으로부터 촉발된 것이었다.

연애소설을 읽는 것이 남녀 교제의 '성' 문제로 이어지고 신여성이 자유연애를 주장하는 것이 성관계의 도덕률에 위배되는 것으로 간주됨으로써 그 책임은 여성에게 돌아간다. "自由戀愛라는 것은 時代的 氣分을 몸에 裝飾하고 自己의 罪惡을 掩藏하는 것이 그 本體가 아니"라며 그러한 "女子 行動은 時代의 盜名子오 道德의 犯罪者"[11]라고 비판한다. 신여성 담론은 이렇듯 연애담론, 그리고 성담론과 결합하면서 점차 신여성에 대한 비판은 확대되기에 이른다.

---

10) 「學生은 科學書籍 女性은 戀愛物 耽讀」, <동아일보>, 1931. 9. 16, 3면.
11) 一評子, 「"强制結婚의 弊害"를 보고」, <동아일보>, 1924. 8. 21, 1면.

1936년 한 여학생이 자살을 기도한다. 16살의 김정애가 "칼모징"을 먹었다가 그의 애인에게 발견되었다. 여학생은 고향에서 어떤 청년과 사랑에 빠졌으나 남자 부모의 반대로 번민하다 5개월 전에 집을 떠나 경성으로 왔는데 또 다른 청년과 사랑에 빠졌지만 처자가 있음을 알고 좌절하여 자살을 시도한 것이었다. 이를 보도한 <매일신보>는 여학생에 대해 "문학 방면에 취미를 가저 일기책에는 문장과 필치가 아름다운 감상문이 써 있"었다고 전했다. 그리고 이 기사의 제목은 「연애를 순례하든 문학소녀의 애사」였다.12) 같은 사건을 보도한 <동아일보> 역시 기사에 「풋사랑에 상처받고 음독한 문학소녀」라는 제목을 붙였다. '문학소녀'는 여성의 연애를 부정적 시선으로 바라보던 사회적 담론이 그 '부정'의 근원을 여성에 두고 있었음을 내포하고 있는 것이다.

여성이 연애를 꿈꾸는 것은 비단 여학생 시절에 그치는 것은 아니었다. 장덕조의 소설 『해바라기』에는 남편에게 영화 속 사랑과 같은 사랑을 갈구하는 아내가 등장한다. 남편의 손을 더듬어 잡는 아내에게 "또 우리 문학소녀가"라며 손을 뿌리치고 결혼이 사랑을 고백할 때와는 다른 현실임을 깨닫고 "결혼은 연애의 무덤"이라며 울기까지 하는 아내에게 "저 만년 문학소녀를 어째 연극이나 소설에 나오는 소리를 그대로 실행하려드니"13)라며 무시한다. 결혼 이후에도 '연애'할 때와 같은 사랑을 갈망하는 여자를 문학소녀로 호명한다는 것은 문학소녀가 앞에서 언급한 '연애'의 부정적 기표로 존재한다는 사실 외에도 '문학소녀'에 담긴 시간성의 함의를 추측

---

12) 「戀愛를 巡禮하든 文學少女의 哀史」, <매일신보>, 1936. 1. 19, 5면.
13) 장덕조, 「해바라기」, 『삼천리』 제9권 제1호, 1937. 1, 282~283쪽.

가능하게 한다. '문학소녀'는 미성숙한 여성의 기표로서 여성으로
하여금 미완의 상태를 주지시키는 표상이었던 것이다.

이렇듯 문학소녀는 남성 지배 주체의 우월성을 입증시키는 표상
이었다. 그리고 결코 그 체계에서 벗어날 수 없음은 '문학소녀'가
남성콤플렉스를 자극하는 '독서' 행위로부터 비롯되는 존재이기 때
문이었다.

> 만일 교과서 이외의 독서를 하게 되면「애는 문학소녀란다」라거
> 나 또「애는 사상가야!」라고 빈정대게까지 되는 한심한 일이 생기
> 고만다. 적어도 현대여성이 여성으로의 자각이라거나 인간으로의
> 도저한 각성이 잇다면 독서안햇다는 것이 유일의 치욕이 되지안으
> 면 안될 것이다. 그 사회의 문화를 구성하고 잇는 사상, 문예, 더
> 나아가 종교, 철학, 정치, 경제에까지 일정한 상식쯤은 가저야 할
> 것이다.14)

문학소녀는 "교과서 이외의 독서"를 하는, 즉 "일정한 상식"을
위한 독서가 아닌 독서를 하는 여성들을 지칭하는 용어로 쓰이고
있다. 여성들에게 "그날에 連載되는 小說에 쓰치고 혹가다가는 남의
情事를 실은 記事를 읽고 짓거리는 것으로 쓰칠것이 아니라" "오날
의 女學生은 자긔의 思想을 기르고 자긔의 常識을 넓히기 위하야 먼
저 事物에 대하야 銳利한 批判의 눈을 기를 것 그 다음으로는 讀書
에 힘쓸 것"15)을 촉구한다. 이 때 '소설 읽기'는 '독서'에서 제외된
다. 여성이 결혼을 한 이후에도 소설 읽는 것을 지속하고 이를 '독

---

14) 이헌구,「현대여학생과 독서」,『신여성』, 1933. 10, 31쪽.
15) 박희도,「여학생의 사상타진」,『신여성』, 1933. 10, 23쪽.

서'로 여기고 있음을 비판하는 언설은16) 오히려 여성으로 하여금 독서의 '보편'을 상상하게 한다. 그리고 문학소녀에게 독서의 층위가 세분화되어 있음이 주지되고 문학소녀의 '독서'가 '소설 읽기'의 영역에 속해 있음이 강조됨으로써 오히려 그 영역을 벗어난 독서의 도달불가능성이 인식되는 것이다.

2) 전후 문학 독자층의 재구조화와 청소년(녀)의 독서

해방과 전쟁을 거치고 교육체계가 완성되어가면서 독서가 문화의 근원으로 여겨지고 대중에게 독서를 장려하기 위한 계몽적 운동과 제도적 방안이 대한민국 정부에 의해 모색되었다. 한편 1954년에 의무교육완성 6개년 계획이 실시되어 교육의 수혜자가 늘고 또한 학생교육에 대한 관심과 그 중요성은 증폭된다.17) 따라서 독서 대중화운동과 함께 청소년 대상 문학 교육이 대중화된다. 청소년의 문학 교육은 학교 교육을 통해 제도화되고 대중매체를 통해 그 실체를 갖춰나가게 된다.

1950년대는 식민지기에 비해 학교 교육의 기회가 늘면서 여성이 교육을 받는다는 것이 사회적으로 '예외적'인 현상이 아닌 시기가

---

16) "골똘하게 읽는다면 소설을 읽는 것을 큰일로 아는데 소설을 읽는 것은 독서라고는 할 수 없습니다. 결혼을 하기 전에 독서니 무엇이니 떠들던 사람도 결혼을 해서 살림을 하고 애기를 나흐면 독서커녕 잡지하나 신문한장 못보고 지내게 되는 일은 무슨 일일까." 「여학교는 나왓건만(2)」, <동아일보>, 1939. 5. 9, 5면.

17) 1952년 중학교 학생수 303,000명이 1956년에 446,000명으로, 1952년 고등학교 학생수 123,000명이 56년에 274,000명으로 증가한다. 교육50년사편찬위원회, 『교육50년사』, 교육부, 1998, 278쪽.

된다. 여학생은 '청소년'이라는 범주 내에서 호명되었고 남학생과 함께 "참된 국민"[18]으로서 탈성화(脫性化)된 존재로 간주된다. 그리고 지배 세력은 청소년들에게 국민이 되어야 할 자질을 끊임없이 언급하는데 이때의 '청소년'은 '학생' 일반으로 상정된다. 1950년 대의 청소녀를 포함한 청소년들은 장래의 '국민'이자 동시에 '중·고등학교 학생 제군'을 의미하고 있었다.[19]

그러나 '국민'으로 호명된 청소녀들이 남자 청소년과 동등한 역할과 임무를 요구받은 것은 아니었다. 1950년대 청소년 대상 잡지였던 『학원』은 '학생'들을 주독자층으로 삼고 풍부한 독물을 제공한다. 기실 '중학생' 혹은 '청소년'으로 호명되는 단어는 여학생 또는 청소녀의 의미가 탈각되어 있었으며 여학생은 남학생을 보조하는 '이등' 국민으로서 존재했다. 그러나 『학원』은 1950년대 여학생의 수가 남학생에 비해 현저히 부족함에도[20] 의도적으로 '여학생'을 호명함으로써 청소녀의 존재를 청소년으로부터 분리시키는 시도를 한다. 예컨대 「모범 학교 소개」[21]는 서울중·고등학교에 이어

---

18) 신태영, 「권두의 말—참된 국민의 길을 배우자」, 『학원』, 1954. 8, 37쪽.
19) 권인숙은 1950년대의 학생이 장래의 분명한 지도자로서의 위치에 있는 반면 학생의 대중화가 급격하게 이루어지는 60, 70년대에는 중·고등학생의 계층적 특권성이 약해지면서 대상에 대한 예우가 달라진다고 말한다. 권인숙, 「1950~70년대 청소년의 남성성 형성과 국민 만들기의 성별화 과정—청소년 잡지 분석을 중심으로」, 『이팔청춘 꽃띠는 어떻게 청소년이 되었나? : 청소년 만들기와 길들이기』, 인물과사상사, 2009 참조.
20) 1954년 당시 전체 중학교생 수 378,213명 중에 남자는 310,520명, 여자가 67,693명이었으며 고등학생 전체수 140,087명 중에 남자는 119,627명, 여자 20,460명을 차지하고 있었다. 김재인 외, 『한국 여성교육의 변천과정 연구』, 한국여성개발원, 2000, <표 Ⅳ-29, 31, 49> 참조.
21) 조봉순, 「모범학교 소개 서울 중·고등편」, 『학원』, 1954. 1, 152~155쪽 ; 이영의, 「학교모범 이화여자중·고등편」, 『학원』, 1954. 3, 146~149쪽.

이화여자중·고등학교를 그 대상 학교로 삼고 각 학교장을 찾아가는 「새 학기의 설계는 이렇다」22)는 선린상업고등학교, 경기여자고등학교, 휘문중학교 그리고 풍문여자중학교로 구성하는 등 남녀 학교를 양적으로 동등하게 소개하고 있었다. 즉, 청소녀는 학교 교육의 대중화를 기반으로 그 존재 근거를 획득할 수 있었다. 그러나 '소녀'는 국가·사회적 존재의 의미를 부여받지 못했기 때문에 단지 형식적 범주에 지나지 않았다고 볼 수 있다.

『학원』의 주독자층을 '학생'으로 상정하고 있었다 할지라도 실제 『학원』을 읽는 독자는 학교 교육을 받고 있는 '학생'만이 아니었다. 54년『학원』의 발행부수는 6~7만부를 상회함으로써 베스트셀러를 기록했고『학원』독자는 종종 "100만 독자"23)로 불렸다. 따라서 학교 교육을 받지 않고 있던, 실질적으로 '학생'이 아니었던 청소년/녀들 역시『학원』의 독자로 존재했다. 그들은 스스로 학교에 다니지 '않는' 청소년/녀라는 인식을 지닌 채『학원』을 구독하고 있었다.

『학원』은 매달 '독자 문예 모집'을 통해 청소년/녀들의 문학 작품을 심사하고 당선된 작품을 실었는데 청소년/녀들은 이렇듯 체계화된 제도에 의해 문학을 '하고' 있었다. 특정 '계층'의 '학생'을 포괄하여『학원』을 통해 문학 작품을 접하고 '독자 문예'에 투고하던 청소년/녀들에게 '문학'은 그들을 동일화하는 구심점이 된다. 기실

---

22) 「새 학기의 설계는 이렇다」,『학원』, 1954. 4, 56~63쪽.

23) "독자 작품수는 아주 비밀이지마는 100만 독자에게만 알려드려요. 하루에 서울 중앙우체국의 통계를 내면 '학원 독자 작품이' 남버 원이라고 해요. 만약 거짓말 같으면 한번 가서 물어보세요. (…)"「메아리 하우스」,『학원』, 1954. 5, 289쪽.

1950년대의 '문학소년'과 '문학소녀'는 이러한 제도적 기반 위에서 형성된 것이라고 할 수 있다.

> 저는 피난 온 한 소년으로서 아마 세상에서 "학원"을 제일 사랑할 것입니다. 그런데 저는 문학 소년이 되고 싶은데 여러 선생님들의 지도를 아낌없이 받고져 하오니 귀찮으시겠지만 많은 채찍을 주시면 감사히 받겠습니다. (목포시 한태구)24)

> 선생님, 저는 엉터리 문학소녀이지요? 그렇지만 제 희망의 일보가 꺾이지 않기를 바라는 바인데 그래도 좋은가요? 꼭 대답해 주세요. (광주 중앙여중2 김수자)25)

위의 인용글에서 알 수 있듯이 '문학소년' 혹은 '문학소녀'는 스스로의 호명에 의해서 얻어지는 것이 아닌 일종의 '실현'이자 '자격'의 의미를 지니고 있다. 청소년/녀들은 『학원』에 자신들의 글을 투고하여 입선되는 과정을 "문학소년이 되"고, "엉터리 문학소녀"에서 벗어날 수 있는 길이라고 생각하고 있었다. 『학원』의 '독자 문예'가 바로 그 관문으로서의 역할을 하고 있었던 것이다. 그러나 문학소녀는 문학소년의 그것보다 더 넓은 외연을 지니고 있었으며 그런 점에서 '문학소년'과 완전히 동일하지도 않았다.

해방 이후 신문이나 문예지에서는 문인들의 회고록이나 문단 이면사에 대한 기사가 실리기 시작한다. 그들의 글은 문학을 '교양'으로서 주입하였다. 이들은 어린 시절의 자신을 '문학청년'이나 '문학소녀'으로 회상한다. '문학소년'은 "오로지 문학에만 집중하지 않

---

24) 「메아리 하우스」, 『학원』, 1953. 12, 230쪽.
25) 「메아리 하우스」, 『학원』, 1954. 6, 286쪽.

고 학구적인 방면, 또 한편으로 인간생활의 현실과 역사에 대한 실제적인 방면"에 있는 현재와는 다른 문화적 주체성의 기표이다. '문학소년'을 회고하는 방식은 '투고'라는 제도적 단계를 거친 과정과 '문인'으로서의 현재의 위치를 각인시키는 과정으로 서술된다. '문학소년'이 '문사'로서의 지향성을 지니는 표상임을 드러내는 것이다.

여성 문인들 역시 문학소녀 시절을 이야기한다. 그러나 그들의 회고하는 태도는 다르다.

그뒤 소학교 삼학년 담임선생은 우리 어머님만 뵈면 문사 딸을 두었다고 칭찬이었습니다. (…중략…) 고녀 이학년 때에는 학감인 담임 선생의 칭찬의 덕으로 문학 여선생님이 자진해서 빌려주는 「하이네」, 「바이론」 등의 시집을 얻어 읽었고 「좁은문」과 「테쓰」와 「쿠오바디스」를 읽었던 것입니다. 그러나 그때에 읽은 작품들이 나에게 무엇을 플러쓰해주었는지 아닌지는 나 자신 모르고 있습니다. 뿐만 아니라 그 당시 교내에서 공인된 문학소녀였던 것이 내게 플러쓰 보다는 마이나쓰를 주었던 것입니다. 이것도 나만이 알고 있습니다. 그 뒤 나는 동경 교외 어떤 이층 셋방에서 재글거리는 햇볕을 벗삼아 세계문학 전집을 위주로 손에 닥치는대로 아무 책이고 난독을 했습니다. 무언지 가슴속 하나 가득히 아득한 아지랑이 같은 것을 간직한 채 나는 다소곳이 나의 숙명을 지키느라고 학교에 적을 두지 못했던 것입니다.[26]

손소희는 국내외 문학작품들을 읽으면서 "교내에서 공인된 문학소녀"가 된다. 그런데, 위의 글에서도 유추해 볼 수 있듯이 문학소녀로 호명되는 것이 문학소년이나 문학청년만큼 호의적이지 않았

---

26) 손소희, 「나는 이렇게 해서 작가가 되었다」, 『여원』, 1956. 7, 85쪽.

음을 알 수 있다. 그것은 "플러쓰 보다는 마이나쓰"를 주었던 것으로, 문학소녀나 문학청년을 '좋은 추억'으로 자처하는 남성 문인들의 경우와는 다른 젠더적 맥락을 드러낸다. 그들은 문학청년 시절에 "오로지 문학에만 집중"할 수 있을만큼 확고한 자아 정체성을 지니고 있었던 것으로 회상된다. 따라서 문학소녀나 문학청년은 문인이 되기 이전 단계에 존재하는 자아로서 '사회'에 진출한 주체들의 현실태를 보증해주는 존재이다. 반면 문학소녀는 "무언지 가슴 속 하나 가득히 아득한 아지랑이 같은 것을 간직한" 불안정한 주체로 묘사된다. '예비 문사'로서의 지향보다는 "닥치는대로 아무 책이고 난독"을 한 독서 행위가 더 부각되어 서술된다.

문학소녀는 '문학'을 하게 되는 제도적 과정이 아닌 심리적 과정으로서 회상되는 것이다. 그리고 그 과정으로 설명되고 있는 것이 바로 '독서열'이다. 여성 문인들은 자신의 과거를 '문학소녀'로 호명함으로써 문학의 '열렬한' 독자로서의 소녀 시절을 '문학소녀'의 표상으로 구조화한다. 그것은 '예비 문사'의 지향을 지닌 청소녀를 포함하는 것이면서도 '청소년'과의 동일성을 획득하고자 했던 1950년대 청소녀들이 자신의 정체(正體)로 받아들일 수 있는 '최대한'의 기표였다.

결국 그들은 문학 독자로 남음으로써 문학소녀가 '될' 수 있었던 것이다. 그것은 기실 청소녀를 둘러싼 제도적 기반의 차이의 반영이다. 이렇듯 1950년대 문학소녀는 자신의 지향과 현실의 위치 사이에서 '문학 독자'라는 '보편적' 범주를 통해 그들의 정체성을 형성하고 있었다.

03 | 1960년대 '문학소녀' 표상과 독서의 성역할

1950년 의무교육 6개년 계획이 수립되면서 남녀평등교육이 본격적으로 시작되었다. 1950년대 남학생에 비해 미미했던 여학생의 비율은 1960년이 되자 중학생 전체의 30.8%, 고등학생 전체의 18.2%를 차지한다.[27] 물론 여전히 남학생에 비한 여학생의 절대적 수치는 현저히 낮아 교육의 성불평등 상황은 지속되고 있었지만 과거에 비해 증가된 여학생 수는 여성 교육에 대한 관심을 크게 높였다.

그런데 여성교육의 양적 팽창과 더불어 요구된 것은 질적 양성평등이 아닌 "한 가정의 주부"로서 여성의 "자기 직무"였다. 여성들은 교육 기회가 확대되고 법적 위치나 경제력이 향상됨으로써 늘어난 권리만큼 의무를 지켜야 했다. 여성들이 "한 가정을 지키고 아내와 어머니로서의 의무를 다하는 데서 한국여성의 자유가 발을 붙이고 자라날 수 있"[28]으며 "실질적으로 우리의 생활내용이 여남 동등이면서 우리의 전통이 가미"된 것이 바람직하다는 인식이 보편적이었다. 그 '전통'이란 결국 여성이 "가정 내에서의 從夫 態度를 유지"[29]하는 것과 같이 현모양처로서 존재하는 것이었다.

이러한 분위기 속에서 발행된 잡지 『여학생』은 해방 이후 본격

---

27) 김재인 외, 위의 책, <표 Ⅳ-29, 31, 49> 참조.
  [1950~60년대 남녀 중·고등학생 현황(단위 :명)]

연도	중학교			고등학교		
	전체	남자	여자	전체	남자	여자
1954	378,213	310,520	67,693	140,087	119,627	20,460
1960	528,614	399,504	129,110	273,434	106,202	58,290
1965	751,341	484,056	267,285	426,531	283,948	142,583

28) 박은혜, 「광복 15주년과 여성」, <동아일보>, 1960. 8. 13, 4면.
29) 남명석, 「남녀동등만상」, <동아일보>, 1963. 11. 6, 5면.

적으로 여학생만을 대상으로 한 첫 본격적인 잡지인만큼 주목된다.
『여학생』의 창간호에서는 '소녀상'을 특집으로 다루기도 했다.

오화섭은 「소녀! 그것은 신비의 계곡」[30]을 '기도와 진달래', '철
쭉과 그리움', '단풍과 사랑'이라는 소제목을 붙여 전개한다. 그는
"기도는 소녀의 생활이다. 기도 속에 소녀는 꿈꾸고 꿈속에서 기도
를 올리는 것이다. 소녀는 언제나 깨끗하고 영원한 바람 속에서만
삶의 보람을 느낀다. (…중략…) 소녀의 꿈이 세속에 물드는 날 나
는 통곡할 것이다"라며 소녀를 신비화하고 "소녀에게 루우즈의 사
용법을 가르쳐주고 싶지 않다. (…중략…) 차라리 나는 어느 맑은
달밤 소녀가 친구들과 어울려 <강강수월래>를 부르며 조상들의
춤을 추게 하겠다. 그처럼 아름다운 가락을 나는 여태까지 들어본
일이 없다. 저 깊숙한 숲 속에서 소녀는 새로운 신화의 주인공이
되었으면 좋겠다"고 말함으로써 '과거'의 존재로 표현된다. 소녀는
세속과 동떨어진 존재로서 찬미의 대상이거나 성인이 되지 않은 미
성숙한 존재로 다뤄지는 것이다. 특히 "조상들의 춤"을 추고 "신화
의 주인공"이 됨으로써 소녀는 초근대적인 존재로 형상화된다.

리타 펠스키에 따르면 근대 이후 여성은 자연을 표상하게 되었
으며 사회변동에 본질적으로 훼손되지 않은 존재로 그려지게 되었
다. 근대성은 전통과 구별되어 분화 대 균일성, 변화 대 정체, 공동
체 대 경쟁 등 이항 대립을 파생시키는데 근대성 자체 안에 있는
전근대적인 것을 상징하는 암호로 여성의 형상을 반복적으로 사용
함으로써 근대성은 본질적으로 남성적인 현상이고 여성성은 영원

---

30) 오화섭, 「소녀! 그것은 신비의 계곡」, 『여학생』, 1965. 12, 70~73쪽.

히 근대성이 미치지 않는 그 바깥에 남아 있을 것을 가정하고 있는 것이다.31) 소녀상 역시 '전통적' 상으로 나타나거나 '신화화'됨으로써 1960년대의 소녀는 가부장제 이데올로기에 포섭되는 것이다.

한편 김진만은 "우리에게는 이렇다 할 소녀상이 없다"라며 소녀상을 부정하는데 대체로 '소녀상'은 "치마 저고리에 새하얀 버선"을 신은 전통적 소녀상이거나 한국의 현실과 동떨어진 서구적 소녀상이라고 지적한다. 또한 형상이나 용모가 아닌 정신적 미덕을 강조하는 소녀상은 "그것이 순결, 수치, 정조와 같은 것"이라고 말한다. 한국의 소녀상을 찾기 위해서 강조하는 이러한 덕목은 비단 소녀에게만 국한된 것은 아니라며 "종래식으로 정신적 가치를 강조하는 풍습을 버리고, 새로운 정신적 가치를 찾아서 그 기초 위에서 새로운 소녀상을 형성해야 할 것"32)이라고 말한다.

김진만이 지적하듯이 여학생들에게 주입하고자 하는 소녀상은 결국 육체적 순결을 강조하기 위한 것이었다. 여학생에게서 "피어오르는 꽃봉오리"를 연상하고 소녀의 느낌을 "화원에 들어선 듯 신선한 풀냄새"33)로 비유하듯이, 소녀상은 아직 훼손되지 않은 순결을 상징한다.

『여학생』에서 여학생의 '성 모랄'은 순결이 목숨 같이 중요하다는 식의 당위명제 하에 소녀상을 정립하기 위한 소설 속 여주인공이 선택적으로 제시되기도 한다. 프랑스와즈 사강의 『어떤 미소』의 등장인물인 도미니크는 부정적 여성상으로 제시되고 『춘향전』의

---

31) 리타 펠스키, 김영찬·심진경 옮김, 『근대성과 페미니즘』, 거름, 1998, 98~99쪽.
32) 김진만, 「잔 다아크는 있어도 소녀상은 없다」, 『여학생』, 1965. 12, 74~75쪽.
33) 조경희, 「부풀어 오르는 꽃망울같이」, 『여학생』, 1965. 12, 66~69쪽.

성춘향은 "자신의 생각과 행동에 책임"을 질 줄 아는 긍정적 상으로 서술된다. 여학생에게 제시되는 소녀상은 결국 '순결'로 수렴되는 것이다. 이러한 과정을 통해 순결 이데올로기는 여학생들에게 절대적인 규범으로 주입된다.

이 같은 순결 이데올로기는 여학생들을 "제二의 주부"로 호명함으로써 한층 더 강화되었다. 경희대 교수 양병탁은 "여학생이 가는 길은 결국 현모양처의 길"이 될 수밖에 없다고 주장한다. 이때 가정은 '예비여성'으로서의 여학생을 키우는 "왕궁이며 안식처"34)가 된다. 따라서 가정에서 쌓는 '교양'이 학교에서의 그것보다 더욱 중요하게 언급되고 여성에게 요구되었던 '교양'이 여학생에게도 요청된다.

그 방법은 독서와 연결된다. 당대의 이름 난 에세이스트이자 유명 인사였던 김형석은 '여학생'들을 향해 "우리는 보다 많이 읽고 성실하게 배워야 한다. 그것이 내 힘이 되어야 하며 일생을 살아가는 바탕이 되어야 한다. 그러므로 우리는 고전, 세계적인 교양저서, 모든 인간들에게 마음의 양식이 되는 양서들을 많이 읽어야 한다"35)고 주장한다.

여기서 독서는 "예술적 소양"을 쌓기 위한 교양의 핵심으로 권고된다. "아름다운 감정, 아름다운 생활"을 위한 방편으로서, 그리고 그러한 생활이 "나와 사회의 모든 것을 긍정하는 방향"으로서 기능하는 것이다. "여학생 시절에 문학소녀가 아닌 사람이 없다는

---

34) 양병탁, 「여학생과 가정」, 『여학생』, 1966. 2, 70~73쪽.
35) 김형석, 「인간의 지적인 조화의 조형을 위해—교양에 대해」, 『여학생』, 1965. 12, 104~106쪽.

말도 있을 정도로 소녀시절에는 책에 열중"36)한다는 것이 당연하다는 언설과 함께 한 인간이자 여성으로 성장해가는 과정으로의 독서가 강조된다. 여학생을 '문학소녀'로 호명하는 것은 바로 이러한 '아름다운 생활' 내에서의 독서를 요청하는 순간이다.

다음은 여성이었던 한 학생이 성전환 수술을 받고 남성이 된 실제 사건에 관련된 글이다.

> 여학생 때는 가사실습을 하던 이군이 지금은 농업 실습을 하고 있고 시와 소설과 고요함을 즐겨 사색하던 문학소녀가 지금은 육상선수, 배구선수, 축구부 부장 등으로 운동은 무엇이든지 즐겨 하고 있고 힘도 세어서 까부는 남자 동급생들을 때려줄 정도이니 화제가 꼬리를 물지 않을 수가 없다. (…중략…)
> 성전환을 하기 전에는 이 다음에 커서 좋은 곳에 시집이나 가서 집안 살림을 돌보며 틈틈이 글이나 쓰고 책을 읽는 것이 순덕의 꿈이었지만 지금은 그렇지가 않다. (…중략…) 그 하나는 이제 중학교를 졸업하면 서울로 진학을 해서 법률학을 전공해 보고 싶은 것이고 또 하나는 안성 농업전문학교 원예과에 진학을 해서 조용히 과수원이나 경영해 보고 싶다고 한다.37)

'몸'뿐 아니라 이름도 '순덕'에서 '연구'로 바뀌자 "문학에 상당한 취미가 있는 정서적인 소녀"였던 순덕은 '문학소녀'가 아닌 운동을 좋아하는 소년으로 변모한다. 성전환과 함께 취미와 꿈까지 변하게 된 것이다. 순덕은 성인이 되어 "집안 살림을 돌보며 틈틈이 글이나 쓰고 책을 읽는 것"이 꿈이었지만 남자가 되는 순간 "진

---

36) 신지식, 「독서와 소녀」, 『여학생』, 1965. 12, 338쪽.
37) 이순, 「성전환 여학생의 제2의 이상」, 『여학생』, 1965. 12, 182~187쪽.

학을 해서 법률학을 전공"하거나 "과수원을 경영"하는 꿈을 꾼다. 사회적으로 구성된 젠더로서의 남성성과, 신체적으로 결정된 섹스로서의 남성 사이에서 순덕의 남성성은 자신의 욕망과 관심사에 대한 정체성 의식에 의해서가 아니라 변화된 신체에 의해 규정된다.

젠더가 '사회적으로' 구성되고 수행된다고 했을 때, 수술을 통해 남자로 바뀐 순덕은 그와는 상반되는 경우라고 할 수 있을까. 나영정에 의하면 성전환남성은 모든 남성과 마찬가지로 체계적 구조의 압력에 의해 강화되고 폭력을 통해 유지되는 일상의 문화·경제·정치적 권력의 지속적인 유혹에 직면해 있고, '진짜 남자'가 되고 싶은 욕망과 권력의 불공정함에 대한 갈등 사이에서 끊임없는 협상의 과정에 놓인다고 한다. 남성으로 인정받으려는 욕구는 결국 존재 자체에 대한 승인 요구이기도 하는데 이는 국가 안에서 공식적으로 남성으로 확인받는 것과 남성에게 요구되는 젠더 규범에 순응하는 것은 완전히 일치하지 않는다고 한다.38) 성전환 남성들은 사회적으로 인정되는 남성으로 살아가기 위해서 지배적이 남성성의 가치를 배우고 표현할 수밖에 없는 것이다. 성전환 수술을 받은 순덕이 '해부학적' 남자로 바뀜으로써 '문학소녀'였던 자신의 정체성이 한순간에 바꿀 수 있었던 것은 사회가 요구하고 있던 젠더로서의 남성성을 '알고' 있었기 때문인 것이다.

따라서 위의 기사는 남학생과 여학생의 취미와 꿈마저 젠더로써 분리되어 있음을 보여주면서 여학생으로서의 정체성과 역할 역시 외부에서 주입되는 것임을 간접적으로 드러낸다. 여기서 '문학소녀'

---

38) 나영정, 「남성/비남성의 경계에서 : 성전환남성의 남성성」, 권김현영 외, 『남성성과 젠더』, 자음과 모음, 2011, 99~100쪽.

는 여성성을 배치하는 언표로 활용되면서 "시와 소설과 고요함을 즐겨 사색하는" 독서하는 여학생이자 예비주부로서의 여성 기표를 의미하게 된다.

(1) 고래로 여성은 인종과 희생으로서 세상을 지배해왔다. (…중략…) 그러나 요즘의 여학생을 보라! 그 여학생들의 눈매는 에고와 오만으로 응결되어 있고 또 그것이 여학생의 특권인 양 행세하려 든다. 오만과 불손이 여학생다움에 플러스된다고 생각하는 모양이지만 어림도 없는 얘기다. 오만한 표정이 신비와 연결되지 못할 때 거기엔 가소로움만이 남는다. (…중략…) 내가 만일 여학생이라면 솔직담백 하겠다. 그리고 인종하는 자세를 배우겠다. 그 자세에서 우리는 영을 향한 위대한 어머니의 표정을 배울 것이다.[39]

(2) 그런 소녀적인 영상을 물리치고 보다 동적인 꿈을 꾸리라. 전망이 좋은 이층 발코니에서 뜨개질을 하며 사색에 잠기련다던 이야기랑, 연못에 휘노는 금붕어를 내려다보며 녹색의 티이 테이블에 앉아 독서를 하련다면 속삭임이랑, 함박눈 쏟아지는 겨울날엔 고궁의 기인 벽담을 끼고 거닐고 싶다던 푸념이랑. 또오 착하고 예쁜 엄마가 되련다던 얄미운 꿈 이야기랑 아깝게도 버려야 할게다. (…중략…) 열심히, 열심히 책을 읽으리라. 요즈음같이 모든 생산교육이 부족한 현실에서 농촌 개발에 대해 깊이 연구하리라. 곡식의 개량종자, 품종 개량 등에 대해 배우고 듣고… 물론 여자라고, 소녀라고 농촌개발에 나서지 말란 법이야 없지만두.[40]

(1)은 「내가 만일 여학생이라면」이라는 코너에 실린 남학생의 글이다. 남학생은 요즘의 여학생이 "에고와 오만으로 응결되어 있"다

---

39) 강철구, 「내가 만일 여학생이라면」, 『여학생』, 1966. 1, 127쪽.
40) 노영숙, 「내가 만일 남학생이라면」, 『여학생』, 1966. 1, 128쪽.

고 비난한다. 여학생에게 요구하는 태도는 오만과 불손이 아닌 "인종하는 자세"라고 말한다. 남학생들은 가부장제 하의 시선으로 여학생들을 바라보고 있었던 것이다.

(2)의 글쓴이인 여학생 역시 남학생의 시선과 다르지 않다. 여학생은 남학생과 여학생의 꿈이 다름을 인지하고 있다. 그리고 여학생일 때 상상하는 꿈의 영상에는 '독서'하는 자신의 모습이 담겨져 있다. 여학생의 독서는 "착하고 예쁜 엄마"가 되기 위한 교양으로서의 독서에 그칠 뿐이다. 대신 남학생이 된다면 "열심히, 열심히 책을 읽으리라"고 말한다.

남학생이 된다면 "요즈음같이 모든 생산교육이 부족한 현실에서 농촌 개발에 대해 깊이 연구"할 것을 다짐하는 여학생에게 남학생의 독서는 사회인으로 나아가고 국가적인 과제(농촌개발)와 연동되어 있는 독서이다. 반면 여학생들은 여성이자 어머니로서의 독서만을 할 수 있을 뿐이었다. 여학생들의 독서 역시 남학생의 그것과 젠더로써 분리되어 여성으로서의 성역할을 구분 짓고 있었던 것이다.

04 │ 문학소녀의 독서양상과 내면의 재구성

1) 교양으로부터의 이탈과 수렴의 내러티브

1960년대 학생들에게 권고되었던 독서란 '전문'적인 영역과는 별개인 '교양'을 위한 얻기 위한 방법으로서 요청되었다. 독서란 "직업과 시대와 지역을 가리지 않고 누구에게나 필요한 것"41)으로서 '지식'과는 다른 맥락에서 강조된다. 그러나 '정신적 영양'을 위한다는 독서도 결국 제도교육의 일환으로 주입되었고 각 분야의 기초 서적부터 계통에 따라 시작할 것을 요구하기도 한다.

교양 독서의 대척점에서 대중소설은 청소년들에게 해로운 것으로 분류되며 그 영향은 '병'에 비유된다. 지배 담론은 대중소설/문화에 대해 병리학적 반응으로 금기시되기에 이른다. 그러나 실제로 학생들은 교양을 위한 독서만을 하지 않았다. 여학생들은 바로 이러한 대중소설과 베스트셀러의 주 독자층으로 존재하고 있었다. 1962년 11월 26일자 이화여자중·고등학교 교지『거울』에 학생 독서 경향을 조사한 결과가 실린다.[42] '최근 2개월 이내에 읽은 책'을 묻는 질문에 압도적으로 1위를 차지한 것은『가정교사』였다. '가장 재미있게 읽은 책' 역시『가정교사』를 들고 있다. 그러나 여학생들은 '유익하다고 생각한 책'을 묻는 질문에는『가정교사』라고

---

41) 유달영,「독서는 정신의 영양이다」,『학원』, 1967. 5, 169~171쪽.
42)「학생독서조사」,『거울』337호, 이화여자중·고등학교, 1962. 11. 26, 8쪽 참조.
2. 가장 재미있게 읽은 책(196가지)

가정교사	70 이상	영원과 사랑의 대화	16
선생님께 애정을 보내며	12	인생노트	10~5(이하동일)
테스		김약국의 딸들	
바람과 함께 사라지다		전원교향악	
제인에어		애정	

5. 읽은 책 중에서 가장 유익하다고 생각하는 책 (응답자 465명)

1	영원과 사랑의 대화	7.7%	5	좁은 문	3.2%
2	죄와 벌	5.2%	6	제인 에어	3.0%
3	인생 노트	4.3%	7	여자의 일생	2.8%
4	테스	4.1%			

답하지 않았다. 오히려 세계 명작으로 꼽히고 있던 교양 서적이 수위를 차지하였다. 이러한 교양 서적이 학생들의 독서 경향과 완전히 배치되고 있지는 않았지만 여학생들은 그들이 실제로 흥미를 가지고 읽고 있는 책과 목적을 가지고 읽어야 할 책을 구분하고 있었다. 책을 읽는 목적에 대해 39%의 학생이 '교양을 쌓기 위해서'라고 답한 것과 같이 독서의 목적이 교양이며 양서가 무엇인지를 '알고' 있었음에도 불구하고 여학생들은 교양으로서의 독서만을 추구하고 있지 않았던 것이다. 오히려 대중 소설은 교양 독서와 함께 여학생들의 독서에 주요한 부분을 차지하고 있었다.

1960년대 교양으로서의 독서를 위협하는 것은 대중 소설과 함께 영화·텔레비전·라디오와 같은 매스미디어였다. 영화 역시 청소년 교육에 해로운 영향력을 끼치고 있다는 우려가 제기된다. 그러나 청소년들에게 영화를 보는 것은 이미 책을 보는 것만큼 일상적인 문화생활의 하나였다. 독서의 "사색보다 청각과 시각이 더 지식흡수의 채널"이 되어 학생들이 영화를 본다는 것이 "불량 경향으로 인정됐던 옛날과는 격세지감"을 느낄 만큼 보편화된다. "수준이 높다는 학생일수록 외국 영화 소식까지 밝은 것이 상식"43)이 되어 학생들 사이에서는 영화 역시 '교양'을 가늠할 수 있는 기호가 된다.

지배 담론은 끊임없이 여학생들에게 교양을 위한 독서와 '대중적' 문화를 분리시키고 있었지만 실상 여학생들에게 그 둘은 경쟁적이면서도 상보적인 문화의 두 영역으로 존재했다. 여학생들은 자

---

43) 「여적」, <경향신문>, 1962. 10. 25, 1면.

유롭게 둘 사이를 오감으로써 '교양', 그리고 '대중'의 주체로서 동시에 성장하고 있었다.

그렇다면 교양 독서의 대립항으로서의 대중 소설은 여학생들에게 실제 어떻게 읽히고 있었던 것일까. 여학생들이 주독자였던 박계형의 『머무르고 싶었던 순간들』은 당대의 순결 담론이 여학생들에게 양가적으로 기능했음을 보여준다.

잡지 『여학생』에서 매년 실시한 문예작품현상모집의 응모작을 살펴보면 전체의 40%는 주인공이 결말에 가서는 폐결핵[44] 같은 병을 앓다 죽음으로 끝이 났다.[45] 여학생들은 죽음을 통해서 사랑이 지속된다고 생각했다. 여학생들의 소설에서 보여지는 사랑은 "속된 사랑"이 아닌 그리움, 동경으로 표현되는 순애이자 순정였다.

이는 1960년대 여성의 '사랑'의 실천으로서 강요한 정신적 순결이 여학생들의 소설로 형상화된 것임을 알 수 있다. '낭만적 사랑'이란 여성들이 배우자, 즉 사랑하는 '남자'를 '위해' 정신적·육체적 순결을 지키는 것이었다. 이 때 순결과 낭만적 사랑의 주체는 여성 자신이 아닌 남성이었다.

『머무르고 싶었던 순간들』에서 역시 윤희는 성호와 약혼을 했음에도 불구하고 결혼 전까지 순결을 유지한다. 그러나 윤희의 순결은 온전히 성호를 위한 것이며 심지어 성호의 의지에 의해서라면

---

44) 수잔 손탁은 '결핵'과 '낭만성'의 상관관계에 대해 분석했다. 수잔 손탁에 따르면 결핵은 종종 사랑을 묘사하기 위한 은유로 사용된다고 한다. 결핵에 의한 죽음은 사랑을 단념함으로써 죽는, '체념의 질병'으로 은유되고, 결핵은 한층 수준 높은 수준의 감정을 충만케 해주는 질병으로서 '영혼의 질병'으로 은유된다. 수잔 손탁, 이재원 옮김, 『은유로서의 질병』, 도서출판 이후, 2002 참조

45) 「<여학생 문학상> 응모작에 나타난 여학생들의 관심사」, 『여학생』, 1969. 5, 315쪽.

언제든 훼손될 수 있는 위태로운 상태로 표현된다. 성호는 "아무의 눈도 없는 호젓한 밤의 숲속이었지만 내 얇은 스카트를 허트러트리지" 않고 윤희에게 "윤희를 아끼고 싶어 더 아름다운 밤을 위해 아직 참아두는거"라고 말한다. "끝내 그는 내 아름답고 싱싱한 처녀를 다치지 않고 일어섰다"[46]고 서술됨으로써 순결의 결정권은 윤희가 아닌 성호임을 보여준다. 순결을 결혼의 순간까지 지켰을 때 '낭만적 사랑'은 완성되며 결국 '낭만적 사랑' 역시 그 주체는 여성이 아닌 남성이 되는 것이다. 그럼에도 불구하고 그 훼손된 여자의 순결과 여자의 임신은 "수치스런" 것이 되는 역설이 공존했다.

그러나 『머무르고 싶었던 순간들』을 순결 담론의 반영으로 본다면 이는 일면만을 보는 것이 된다. 이러한 '낭만적 사랑'은 여학생들의 실제 가치관과는 얼마나 일치하고 있었을까.

배화여고 교지에 실린 「학생 앙케이트」[47]에는 '대남성관'에 대한 여학생들의 답변이 실린다. 학생들의 답변은 구체적이면서도 현실적인 남성관에서부터 남성관 자체에 대해 생각해보지 않았다는 답변까지 다양했다. "우선 나를 사랑해줄 수 있고 나를 위해서는 무엇이든 다하려는 남성", "생각할줄 아는 사람", 또는 "의지 용맹 가정에 충실하고 온화한 그런 남성" 등 미래의 '배우자'이거나 사랑, 혹은 연애의 상대로서의 남성관을 보여주고 있었다. 반면 일부 여학생들은 남성을 경계해야 할 존재로 보고 있었다. "어두워서 해 뜰 때까지는 아버지와 선생님만 빼놓고 다 경계할 존재"라고 생각하거나 "그저 두렵기만한 존재", 심지어는 "여자보다 못한것 같"다

---

46) 박계형, 『머무르고 싶었던 순간들』, 삼육출판사, 1992, 133쪽.
47) 「학생 앙케이트」, 『배화』 제53호, 배화여자중·고등학교, 1965, 83~94쪽.

고 답변하기도 한다. 여학생들은 기본적으로 남성을 사랑이나 연애의 대상으로 보고 있었지만 봉건적 이성관을 지닌 기성세대의 생각을 강박적으로 승인하고 있었다.[48]

물론 여학생들은 '보이프렌드'에 대해 소극적이지만 이상적 상을 지니고 있었다. '보이프렌드'의 조건으로 "친구 그 자체에서 빗나가지 않을 정도로 정신적 세련미를 갖춘 사람"을 내세우거나 "남성다운 체격"은 물론 "학교에서의 위치"[49]를 내세우기도 한다. 여학생들 역시 청소녀 시기의 연애 혹은 사랑에 대한 욕망을 지니고 있었던 것이다. 그러나 "부모님의 감시를 피해서 비밀한 교제"를 해야 하는 상황이 가로놓여 있었고 여학생들은 그러한 현실 속에서 이성 교제에 대한 기성 세대의 시선을 내면화하였던 것이다. 실제적 욕망은 현실과 부딪히면서 좌절될 수밖에 없었다. 여학생들에게 '낭만적 사랑'이란 현실과 별개인 환상으로서만 존재하고 있었던 것이다.

『머무르고 싶었던 순간들』은 여학생들에게 실제적 욕망을 환상으로써 충족시켜줄 수 있는 표상으로 존재하고 있었다. 이 때 '환상으로서의 읽기'는 텍스트의 환상적 이야기가 아닌 독서행위 자체에 초점이 맞춰져야 할 것이다. 제니스 레드웨이에 따르면 여성들이 연애소설을 읽는 것은 가부장제에 대한 만족감으로 읽는 것이 아닌 보다 나은 세계를 원하는 유토피아적 반항의 요소가 담겨 있

---

48) "아직까지는 모두 도××으로 생각할수밖에 없었잖아요?(항상 어느 여선생님이 그렇게 가르쳐 주셨으니 그대로 들을수밖에).", "어른들 말씀에 의하면 모두 밤 ×님이라지만 전 어쩐지 모든 분들이 다 좋게만 보이니 큰일인가봐요"
49) 위의 글, 227쪽.

다고 한다. 연애 소설 읽기는 여성들이 인정하는 '보살피는 아내와 어머니'라는 여성의 핵심역할에 대한 요구들을 일시적으로나마 완전히 거부하는 것으로써 그 대리경험의 즐거움은 '진짜'가 된다는 것이다.50) 따라서 1960년대의 여학생들이 『머무르고 싶었던 순간들』을 읽으면서 충족시켰던 환상 역시 여학생을 규제하고자 했던 기성 세대에의 반항이라고도 해석할 수 있다. 그들은 '학생'이자 '여성'이라는 역할에 대한 요구로 인해 현실 속에서 이룰 수 없었던 욕망을 독서를 통해 벗어나고자 했던 것이다.

2) '실존'의 감각과 여성 주체의 이중성

배화여자고등학교 교지에 실린 「졸업생 앙케이트」에서 "가정주부로서의 도리와 사회적 진출의 기회가 맞부딪쳤을 때 어느 쪽을 택할지?"라는 질문이 실린다. 졸업을 앞두고 있는 고등학교 3학년 여학생들에게 던져진 이 질문에 대해 18명의 학생의 대답이 실린다. 이 중 9명의 학생이 가정을 택했고 6명의 학생이 사회진출을 택했다. 나머지 3명의 학생은 모호하게 대답했다.51)

오히려 문제는 여학생에게 '가정주부로서의 도리'와 '사회적 진출' 사이에서 하나의 선택을 강요하는 그 질문 자체에 있다. 여학생들은 '가정'과 '사회'라는 선택지에서 자신의 갈 길을 정해야 했으며 여학생 스스로 자신의 사고와 행동을 그 틀에 맞춰갈 수밖에 없는 상황에 처해 있었다.

---

50) 존 스토리, 박만준 옮김, 『문화연구의 이론과 방법들』, 경문사, 2002, 69~70쪽.
51) 「졸업생 앙케이트」, 『배화』 제54호, 배화여자중·고등학교, 1966, 182~189쪽.

　실제로 학생들의 응답을 살펴보면 가정주부와 사회적 진출 사이에서 고민하고 있는 여학생들의 내면을 읽을 수 있다. 가정과 사회 두 영역에서 영위하고 싶은 욕망이 있음에도 불구하고 여학생들은 '가정'과 '사회'가 동시에 추구될 수 없다는 사실을 인지하고 있었다. 여학생들은 가정과 사회의 경계에서 자신의 길을 결정해야 할 처지에 놓여 있었고 자신의 욕망과 달성될 수 없는 환경 사이에서 끊임없이 갈등하고 있었다.

　따라서 문학소녀가 기성 문단에 등단한다는 사실은 그러한 갈등이 본격화하기 이전에 사회에 발을 들여 놓을 수 있는 '사건'이라는 점에서 주목할 만하다. '사회'에 나가기도 전에 이미 사회에 발을 들여놓은 여학생들이었기에 그들에게 문학을 한다는 것은 현재진행형의 의미를 지니고 있었다. 그들에게는 가정과 사회 사이의 경계를 인식할 고뇌의 시간은 필요하지 않았다는 점에서 아직 등단하지 '못한' 문학소녀들과 여성 작가들과도 층위를 달리한다.

　10대에 작가로 데뷔한 4명의 여학생들이 모여 나눈 좌담회[52] 기사에서 문정희 양은 "문학을 안했으면 지금쯤 무얼 하고 있을까요"란 질문에 "하얀 앞치마를 두르고 절구질하며 시어머니의 구박에 눈물 흘리는 작은 시악시"가 됐을 것이라고 말한다. 여학생들에게 문학을 한다는 것은 현모양처로 길들여지는 '막다른' 길을 모면할

---

52) 1966년 당시 대학교 2년인 양인자 양은 1961년에 소설 『돌아온 미소』를, 숙명여고 3년인 문정희 양은 1965년에 시집 『꽃숨』을, 명성여고 3년인 노영숙 양은 1964년에 『몸부림치는 진실』이란 소설을, 진명여고 2년인 이형숙 양은 1963년에 소설 『조용한 슬픔』을 각각 출간하였다. 모두 10대에 소설 혹은 시집을 냄으로써 '10대 소녀 작가'의 반열에 오른다. 「學生作家放談 : 十代作家가 百代를 構想한다」, 『여학생』, 1966. 3, 249쪽.

수 있는 길로 인식되고 있었다. 다른 두 명의 여학생들은 '검사'나 '여왕'이라 답하고 있지만 소설이나 텔레비전을 통해 받아들인 여인상으로 문정희 양의 대답만큼 현실적이지 못하다. 오히려 이는 여느 여학생과는 달리 가정과 사회라는 두 선택지의 틀 내에서 고뇌하지 않고 '여성 작가'로서의 길을 자신의 미래로 받아들인 결과라고 할 수 있다.

다음의 글은 1967년 『여학생』의 '1주년 기념 현상문예'에서 소설부 가작에 뽑힌 정선자의 입선소감이다. 정선자의 입선소감에서는 '10대 소녀 작가'가 체감하지 못했던 고민을 내포하고 있음을 알 수 있다.

> 오빠. 꽃을 한묶음 산 친구와 재잘거리며 가는 급우들을 멀리서 물끄러미 보다 집으로 왔어요. 한동안 울적했어요. 꽃을 꽃을 여유가 내게 없는 것일까요. 한 묶음 꽃을 들고 갈 수 있는 인연이 내게 없는 것은 아니겠지만 그보다 내 마음 속의 화원이 긴 겨울잠을 자고 있는 것 같아요. 연령과 사회, 그보다도 자신과 싸워 이길 수 있는 용기가 서질 않아요.
> <u>내가 원고지를 대할 때마다 나에게는 여자로서 갖추어야할 일들과 또 천재적인 능력 부족임을 생각하게 되어요. 어제 장희네 집에 갔더니 개는 수틀에다가 예쁜 숲 속에 공주와 왕자의 춤과 웃음을 담고 있었어요. 얼마나 부끄러웠는지.</u> 그런데, 오빠. 오늘 당선 통지서가 왔어요. 우습지요. 서툰 글을 뽑아 용기를 주신 심사위원 여러분도 고맙지만, 우리들의 친숙한 벗 여학생사도 고맙지요.[53]

현모양처가 될 것을 주입받고 있던 여학생들에게 가정주부가 아

---

53) 정선자, 「입선소감」, 『여학생』, 1967. 8, 401쪽.

닌 다른 길을 가고자 하는 것은 '용기'가 필요한 일이었다. 따라서 문학의 길을 걷고자 했던 문학소녀들에게 글을 쓴다는 것은 언제나 "연령과 사회, 그보다도 자신과 싸워 이길 수 있는 용기"를 갖춰야 하는 행위였다. 그것은 아직 '작가'가 되지 못한 문학소녀이기에 처할 수밖에 없는 여성의 현실이었다. 이 글에서 알 수 있는 것은 여자로서 갖추어야할 일, 즉 수틀에다 수를 놓는 것과 같은 행위는 문학소녀가 '본래' 있어야 할 자리로서 인지되고 있다는 사실이다. 문학소녀들은 사회로 나갈 수 있는, 문학을 할 수 있는 자신의 능력이 입증되지 않는다면 언제라도 문학의 길을 포기할 수밖에 없다는 것을 알고 있었다. 따라서 여학생에게 온 "당선 통지서"는 '여자로서 갖추어야 할 일'을 하지 않아도 된다는 선언이 아닌 '부끄러움'을 유예시키고 작가로서의 여학생의 욕망을 보존할 수 있는 '만료 가능성'으로서의 의미를 갖는다.

'작가'가 되지 못하고 가정과 사회의 경계에서 하나의 길을 선택할 수밖에 없었던 문학소녀의 해법은 문학을 가정 내에 배치시키는 것이었다. 가정주부로서의 도리를 지키면서 '여류'를 꿈꾸었던 것이다.

가정주부와 작가의 길을 함께 걷고 있던 여성 작가들은 그들이 가정 내 존재임을 잊지 않고 있었다. 오히려 여성 작가에게 가정의 존재는 문학보다 상위에 위치하는 것이기도 했다. 그러면서도 그들은 문학을 포기하지 않았다. 여성 문학은 '가정' 속에서 문학을 한다는 여성의 현실이 투영될 수밖에 없는 구조를 지니고 있었다. 더구나 "한 여성이 자신에게 충실하려 할 때 반드시 주위의 냉혹하고도 악의적인 비판을 면할 길이 없다는 것"을 체험하게 되었다고 말한 이석봉처럼 여성 작가가 가정보다 소설에 더 몰두한다는 것,즉 한 여성이 '가정'의 바깥에 선다는 것은 존재를 위협받는 것과 다름 아니었다. 그들이 '여류'이고 그들의 문학이 '여류 문학', '여성 문학'으로 범주화 될 수밖에 없었던 것은 바로 가정 내 여성과 여성 작가가 양립하지도, 분립하지도 못한 채 그 구조 자체가 '문학'으로 수렴되고 있었기 때문이었다.

여성이 문학을 한다는 것은 애초부터 여성이었기에 선택할 수 있었던, 또한 선택할 수밖에 없었던 유일한 길이었다. 결국 '여성 문학'은 '여류 문학'으로서 타자화되었지만 여성이 주인공이었던 유일한 여성의 길로서의 '여성' 문학이었다.

06 │ 결론

이 논문은 1960년대의 문학소녀의 표상체계와 독서양상을 토대로 한 문학소녀의 실제를 규명하였다. '문학소녀'는 문학을 둘러싼 여성의 욕망과 그 욕망을 억압했던 현실의 구조를 담고 있는 용어이다. 따라서 지배 주체들이 만들어낸 담론을 분석함으로써 지배 이데올로기가 반영된 표상으로서의 문학소녀를 파악할 수 있다. 또한 '사회적 행위'로서의 독서 양상을 통해 담론에 조응하거나 저항하는 문학소녀의 구체적 실상에 접근할 수 있다. 표상과 실상 사이의 균열의 지점을 확인함으로써 문학소녀의 정체성을 밝히고자 하였다.

본고는 1960년대의 '문학소녀'의 표상을 규명하기 전 일차적으로 식민지기와 전후의 '문학소녀'가 형성된 배경, 그리고 그 표상의 성격을 살펴보았다. 식민지기 여성의 독서는 '근대적' 주체로 나아가기 위한 방법으로서 권장되었다. 그러나 여성 독서는 여성 담론과 결합함으로써 여성의 사상과 행위를 구속하기 위한 언설로 이어진다. 따라서 연애소설의 독자로 규정된 문학소녀는 '연애'와 '사랑'의 부정적 기표로 대체되고 미성숙한 여성의 기표로서 존재했다. 문학소녀는 남성 지배 주체의 우월성을 입증하는 표상으로 작동됨으로써 문학소녀의 독서, 즉 소설 읽기는 전문적 사회 세계와는 분리된 여학생의 독서로 특수화된다. 식민지기의 문학소녀는 '교양'의 영역을 벗어나지 못하는 미성숙한 주체로서의 독서를 지속하고 있었던 것이다. 그러나 전후 문학소녀는 식민지기와는 다른 면모를 드러낸다. 학생들은 문학의 제도 교육과 대중 매체를 통해 문학의 독자층으로 성장한다. 이 때 1950년대의 청소년들은 장래의 '국민'이자 '학생 제군'으로서 의미화되는데 이 때 문학소녀는 '문학'을 통해 청소년의 범주를 형성하고자 하는 보편적 정체로서 나타나게 된다.

그러나 1960년대 문학소녀는 순결 담론과 현모양처 이데올로기의 확산으로 인해 '예비 현모양처'로 규범화하기 위한 표상으로 작동했다. 우선 '순결'을 강조하는 소녀상이 만들어지면서 가정 내에 위치하는 여성으로서의 '교양'과 그 실천으로서의 독서가 요청된다. 문학소녀는 '여성성'을 배치하는 언표로서 여성의 독서가 젠더로서 분리되어 있음을 보여준다. 또한 문학소녀는 가부장제와 순결 이데올로기를 벗어나는 '불량소녀'를 계도하기 위한 모범적 표상으로 작동되었다. 문학소녀는 불량소녀의 대타적 표상으로서 지배 주체가 지도하고 훈육할 수 있는 공간과 시선 안에 머문다. 그러나 문학소녀는 한편으로는 위험한 '소녀'로서 존재하고 있었다. 규범적 소녀상에서 이탈하는 여학생은 '감성'의 문제로 다뤄지고 '소녀적' 감수성을 여학생의 내적 본질로 규정함으로써 여학생은 지속적으로 감시와 지도의 대상이 된다. 또한 '소녀적' 감수성이 '여학생' 문학을 평가하는 이중적 기준으로 활용됨으로써 남성 지배 주체의 질서 속에서 벗어나지 못하는 미달의 표상으로 존재했음을 확인하였다. 지배 담론에 의해 호명되는 '문학소녀'는 여학생에게 요구되었던 당대의 이데올로기를 담고 있었음을 규명하였다.

이처럼 1960년대의 '문학소녀' 표상은 '현모양처'로서의 여성을 길러내기 위한 남성 지배 주체의 담론으로부터 도출되었다. 그러나 1960년대의 여학생의 독서양상을 통해 이러한 표상 체계에 순응하면서도 이탈하는 실제로서의 문학소녀를 살펴보았다. 1960년대의 여학생은 교양 독서를 통해 문학을 '이해'하고 반응을 양식화하는 법을 체계화하고 있었다. 반면 대중소설과 영화와 같은 '대중적' 문화는 교양 독서의 대척점에서 폄하되었지만 청소년들에게는 이미 '교양'을 가늠할 수 있는 기호가 된다. 특히 여학생들은 '대중적' 문화를 통해 욕망을 드러내고 자아를 형성하고 있었다. 실상 '대중적' 문화는 교양 독서와 경쟁적이면서도 상보적인 문화의 한 영역으로 존재하고 있었다. 한편 여학생들은 교양 독서를 통해 순결 담론을 내면화하고 있었다. 그러나 여학생들이 주독자였던 박계형의 『머무르고 싶었던 순간들』은 여학생들에게 주입하고자 했던 순결 담론이 여학생들에게 양가적으로 기능했음을 보여주는 사례이다. 여학생들은 소설에서 형상화된 '낭만적 사랑'을 통해 순결담론을 내면화함과 동시에 실제적 욕망을 현실화할 수 없는 현실과의 괴리에서 자신들의 욕망을 환상으로서 실현하고 있었다. '교양'과 '대중'의 경계에서 이탈하고 수렴하는 여학생의 내러티브를 확인할 수 있다. 이러한 고찰은 여학생이 교양 독자이자 대중 독자의 중추로서 성장하는 한 단면을 밝히는 작업임과 동시에 '표상'을 비켜가는 1960년대 여학생들의 능동적 '실상'을 확인할 수 있는 작업일 것이다.

한편 1960년대의 여학생들은 실존 문학을 통해 '실존'으로서의 감각을 얻고 있었다. 그러나 여학생들은 실존주의 사상을 철학으로 인지하기보다 여학생 내면의 젠더적 '불안'과 일치하는 '니힐'로 받아들였다고 볼 수 있다. 그러나 이는 '소녀적' 감수성으로 치환됨으로써 여학생들에게 '현실세계'의 여성을 요청하게 된다. 현모양처 이데올로기를 주입받았던 여학생들은 여성 자아에 대한 분열적 인식을 드러내고 '가정'과 '사회'의 선택 사이에 놓이게 된다. 1960년대의 문학소녀는 가정과 사회의 기로에 선 여학생의 정체성을 보여준다. 문학소녀가 문학을 한다는 것은 끊임없이 가정주부로서의 길을 이탈하고자 하는 행위의 정당성을 필요로 하는 작업이었던 것이다. 그럼에도 불구하고 여성들은 작가가 된 이후에도 가정 내에 배치됨으로써 '여성' 작가로서의 길을 지속할 수밖에 없었다. 따라서 1960년대의 '여성 문학'과 '여류'는 가정 내 여성과 작가의 이중적 현실의 구조가 투영된 정체였다. 1960년대 '문학소녀' 연구는 당대 여성의 욕망과 억압의 구조를 고찰하는 것은 물론, 여성 문학이 '여성' 문학에서 출발할 수밖에 없었던 정체성의 기원을 밝히는 작업이라고 할 수 있다.

조태일 시의 아이러니 연구

멜랑콜리의 형식으로서의 아이러니

김 희 정*

01 │ 서론 – 멜랑콜리와 아이러니의 상관성

이 연구는 조태일의 시를 대상으로 하여, 멜랑콜리의 정동과 아이러니를 연관지어, 조태일 시에 나타나는 멜랑콜리한 주체의 실재적 대상들에 대한 애도와 그들과의 소통과정에서 드러나는 아이러니의 양상을 살펴보고자 한다. 이를 통해 아이러니가 멜랑콜리의 사유와 언술형식으로서 조태일[1] 시에서 작용하고 있음을 밝히고자

---

* 서강대학교

[1] 조태일은 1941년 전남 곡성군 죽곡면 동리산 태안사에서 대처승의 아들로 태어났다. 1948년 여순 사건을 피해 광주로 피난을 나와 도시 생활을 시작했다. 1962년 전남일보 신춘문예에 「다시 포도(鋪道)에서」로 당선되고, 이어 1964년 경향신문 신춘문예에 「아침 선박(船舶)」이 당선되어 문단에 등장했다. 그는 첫 시집 『아침 선박』(1965) 이후 『식칼론』(1970), 『국토』(1975), 『가거도』(1983), 『자유가 시인더러』(1987), 『산속에서 꽃속에서』(1991), 『풀꽃은 꺾이지 않는다』

하는 것이다.

멜랑콜리에 대해 키에르케고르는 『이것이냐, 저것이냐』(1843)에서 "무사태평한 웃음 속에서 메아리치는 이 시대의 질병이며, 우리로부터 명령과 복종과 행동과 희망의 용기를 앗아가"2)는, 우울증과 깊은 연관을 지니는 정동으로 설명한다. 엥과 카잔지안은 멜랑콜리에 대해 "과거가 해결되고, 종결되고, 죽은 것으로 표명되는 애도와는 달리, 멜랑콜리에서 과거는 현재에 확고부동하게 생생한 채 잔존해" 있으며, "현재 안으로 상실물들의 영혼과 망령, 번쩍이면서도 빨리 지나가는 이미지들을 가져오는 과거와의 계속되고 열린 관계"3)를 이루는 것으로 설명해 주기도 하였다. 뿐만 아니라 주디스 버틀러(Judith Butler)에게 대상으로부터 자아로의 전환은 그것들 사이의 구별을 가능하게 만드는 움직임, 분열, 분리 또는 상실을 표시하고 자아를 형성하기 시작하게 하는 멜랑콜리한 움직임이다. 한편, 벤야민에게 멜랑콜리는 상실을 창조적인 것으로 이해하도록 하면서 변덕스러운 가능성과 미래 교전상태(militancy)로 가득한 것으로 파악한다.4)

이러한 멜랑콜리의 정동을 아이러니와 연결지은 대표자 중 한 사람은 역시 키에르케고르이다. 키에르케고르에게 있어 "공허(void)

(1995), 『혼자 타오르고 있었네』(1999) 등 총 8권의 시집을 상재했고, 1999년 9월 지병인 간암으로 타계했다. 민경헌, 「조태일 시 연구」, 전북대학교 석사학위 논문, 2003, 1쪽 참조.

2) 김홍중, 「멜랑콜리와 모더니티 : 문화적 모더니티의 세계감 분석」, 『한국사회학』 제40집 3호, 한국사회학회, 2006년, 3쪽 참조.

3) David L. Eng and David Kazanjian, *Los --The Politics of Mourning*, University of California Press, 2003, p.4.

4) Eng & Kazanjian, *op.cit*, p.5.

하면서도 동시에 공허함을 감싼다"5)는 멜랑콜리의 감각은 아이러니의 형식으로 나타난다. 퍼거슨(Harvie Ferguson)이 말하는 키에르케고르적인 아이러니는 "분열적이면서 자기-흡수적"이며, 그것은 "멜랑콜리만큼이나 위로할 길 없이 슬픔에 빠져있는" 것으로, 일종의 "무거운(heavy) 아이러니"6)이다. 이와 같이 키에르케고르가 아이러니를 멜랑콜리에 처한 인간의 실존적인 차원에서 접근한 것은 널리 알려진 사실인데, 그에게 아이러니는 처음에는 "멜랑콜리의 문제에 대한 가장 일반적인 해결이며, 질병을 만들었던 것과 같은 조건에 뿌리를 둔 치료법"7)이었던 것이었다. 키에르케고르는 아이러니에 관한 그의 논문에서 헤겔의 영향을 받아, 아이러니는 "무한한 절대적인 부정성"8)으로서 설정하였는데, 이러한 아이러니의 속성이 영구히 극복할 수 없는 인간의 실존적 운명과도 같은 멜랑콜리의 속성과 연결된다고 했을 때, 멜랑콜리는 순진한 낙관주의와는 반대방향으로 흐르고, 아이러니의 부정성으로 구현되어 치유될 수 없는 잔존물로 '아이러니하게' 남아있게 될 것이다. 이렇게 보았을 때, 멜랑콜리는 주체에게 아이러니한 언술을 추동하는 힘이 될 것이며, 널리 지적돼 온 바와 같이, 철학자와 예술가의 자기부정적인

---

5) Harvie Ferguson, "Irony : the romance of distance", *Melancholy and the Critique of Modernity —Søren Kierkegaard's Religious Psychology*, Routledge, 1995, p.34.

6) Harvie Ferguson, *op.cit,* p.34.

7) Harvie Ferguson, *op.cit,* p.37.

8) 키에르케고르에게 아이러니는 "부정성이다. 왜냐하면 그것은 오로지 부정하기 때문이다. ; 그것은 무한infinite하다. 왜냐하면 그것은 이러 저러한 현상을 부정하지 않기 때문이다. ; 그것은 절대적이다. 왜냐하면 그것이 부정하는 덕목은 아직 있지 않은 더 높은 어떤 것이기 때문이다. 그 아이러니는 아무것도 설립하지 않는다. 왜냐하면 설립되는 것은 그것의 뒤에 놓여 있기 때문이다." Harvie Ferguson, *op.cit,* p.39에서 재인용.

자기창조로 연결될 것이다.

본고에서는 실재적 타자에 대한 완전한 애도의 종결성과 결정성, 우울증 환자의 상징계 언어에 대한 중지와 '행동(act)으로의 이행' 이 둘 모두를 변증법적으로 지연시키는, 말한 것과 말하지 않은 것 사이의 "의미론적 유예(suspension)"라는 아이러니의 개념9)에 맞먹는, "애도의 유예로서의 언술"로 아이러니를 보고자 하는 것이다. 그래서 멜랑콜리증자(melancholic)의 아이러니는 상실한 대상에 대해 완전하게 "죽었다"고도, 다시 "살아났다"고 말하지 않고, "죽은 것이기도 하고 산 것이기도 하다"고 말하는 방식이다. 키에르케고르식으로 말하자면 '이것이냐 저것이냐' 단정적으로 결정짓지 못하는 결정불가능성과 한계, 실재적 대상과의 불가능한 만남에 대한 열정과 만남에 대한 유예·지연의 멜랑콜리한 형식이 아이러니라고 상정하는 것이다. 그런 의미에서 멜랑콜리와 아이러니는, 특히 근대 이후의 철학자와 문학가에 있어서 공통적으로 떨쳐 낼 수 없는 근원적인 문제이며, 언어의 본질적 속성으로서의 아이러니는 멜랑콜리와 밀접한 상관성을 지니는 것이다.

이러한 멜랑콜리와 아이러니의 문제는 조태일의 생애와 시적 경향에서 전체적으로 읽어낼 수 있는 것이기도 하다. 1964년 등단한 이래 지속적으로 현실의 문제에 관심을 갖고 이에 대해서 문학적으로 응전해 왔던 '참여시인'으로서의 조태일은 현실 역사의 문제에 있어서 여러 가지 트라우마를 껴안으면서, 시인 자신을 포함하여 고통받는 민중들의 설움과 아픔들을 문학적으로 치유하고 회복하

---

9) Linda Hutcheon, *Irony's Edge —The theory and politics of irony,* Routledge, 1994, p.177.

려는 노력을 계속해 왔다. 특히 개인사적으로 그는 여순사건(1948)을 계기로 고향을 등지고 나올 수밖에 없었고, 4·19와 뒤이은 5·16, 결정적으로 5·18의 문제와 그 희생자들을 애도하는 작업을 지속적으로 펼쳐 왔다. 그의 시 창작의 시작(始作)도 어린 조카의 돌연한 죽음을 계기로 한 것이었으니, 그의 창작 활동에서 죽은 자와 소수자, 타자화된 여성들에 대한 관심이 지대했던 것은 그의 시 창작 초기의 이러한 개인적·역사적 경험의 트라우마에서 비롯된 애도와 멜랑콜리의 상관관계 속에서 진행된 것이라고 할 수 있다.

이러한 문학적 애도작업 속에서 그는 아이러니한 제스처로 대상에게 다가선다. 때로는 대상과의 충만한 만남에 대한 열망을 드러내는가 하면, 그러한 근접성과 충만함에서 벗어나 탈주하고자 한다. 또 한편으로 남성주체 내부에 여성적 타자성을 합체하고 있는가 하면 곧바로 자신의 남성적 전체성을 회복하고자 하는 변증법적 순환운동을 벌인다. 또한 자신이 기반으로 하고 있는 상징계 법 질서를 문란하게 조롱하고 희화화하여, 그 토대를 무너뜨리고 자신만의 언어를 정립하고자 노력하기도 하는 등 아이러니의 끊임없는 환유적 미끌어짐의 운동 속에서 고통스럽게 즐거워한다. 위와 같은 멜랑콜리한 주체의 아이러니한 애도작업이 조태일의 초기시를 중심으로 어떻게 드러나는지를 밝힐 것이다. 이를 위해 먼저 실재적 타자와의 만남에서의 아이러니한 주체의 태도를 구체적인 텍스트를 바탕으로 살펴볼 것이다.

02 | 우울한 이중적 주체의 자기부정과 긍정적 결여

조태일의 초기시에는 우울증(즉, 멜랑콜리)에 시달리는 주체들로 가득하다. 그의 시의 내면적 공간은 '방'으로 알레고리화되어 나타나는데, 그의 좁은 방 안에 유폐된 자아는 작고 왜소하며, 그 활동성이 현저히 약화된 수동적 존재로 나타난다. 그런데 이 방 안에서 시적 자아는 '성난' 여인과 동거 중이다. 즉 자기 내부에 타자적 존재를 우울하게 안고 있는 '이중적'인 모습으로 등장한다.

지치지 않고 妥協도 멀리, 피를 쏟우며
가는 時間 위에 우리를 눕혀 / 房을 살아라 한다. //
神에게 誘拐된 房, / 東편의 창이 하나씩 닫혀지고 있을 때
脫營한 몇알 햇살은 / 窓밖에 서성인다. //
쌓아온 犯罪들 사이, 우울한 知慧.
두고 간 發言들은 구석에서 일제히,
일어서며 충돌, 결국, / 우리들 위에 쓰러진다. 쓰러진다. //
어둠은 대낮을 재우고, 그늘이 늘어진
설합 속에 保留됐던 아우성, 그리고 눈부신 思考.
내 곁에서 나란히 잠을 찾을까? / 市民은 각자 잠을 찾을까? //
우리가 여기 온 까닭은……가만히 눈감아 보니
信託을 베고, 흔들리는 曲線의 지친 快感,
그래서 結實, / 옆에서 時間들은 부끄럽게 성숙했다. //
그리하여, 그 부끄러운 寢室의 時間들은
어디로 우리를 인도할 것인가.
妥協도 멀리 가고만 있다. //
宇宙의 한쪽, 자꾸만 잃어가며, 잃어가며
巨大한 平和를 勝利를 市民들은 / 붙잡질 못한다.//
거리 위를 散策하는 평화의 旗幅들.
限量없이 뱉아놓은 住宅들 사이,

感情들에게 침몰당하고, / 囚人의 一瞬이 난해한 무릎 밑에서 //
피로한 勇斷을 내리고 / 쓸쓸히 外遊의 길을 떠났다. //
房에 남은 것이란, / 술잔을 들면, 술잔 사이에서
悽絶히 깨지는 오늘 안에
不足한 사랑과 自由 몇개와 / 성난 女人이 있다. //
밖에서 서성이는 햇살, 아직 可能은 外面하지 안했다.
쓰러진 아우성을 세우고, 窓을 향하여 돌진하는 때,
골목에서 얻은 女人은 골목에 버려야지
천정이 뚫리면 내리는 恩惠는 소중히,
그러나 모든 걸 잊어야지. //
外遊의 길을 떠난 것들 잠시 / 休息處를 찾았을까.
끝내 行方을 모르고, 밝아오는 아침까지 / 나는 잠을 찾을까.
市民은 각자 밤을 찾을까. //
지치지 않고 妥協도 멀리, 피를 쏟우며 / 가는 時間 위에서
房을 살아라 한다.

「우울한 房」 전문10)

이 인용시에서 시적 자아는 수동적 존재로 표상되고 있다. 그는 신과 같은 절대적 대타자에게 '유괴'되어 역사("시간")의 흐름에 내재되어 있는 "房을 살아라"라고 명령받는다. 거부할 수 없는 이 명령과 호출 속에서 주체는 비좁은 "우울한 방" 안에 유폐되어 있는 수인(囚人)으로서 정체성을 부여받는 것이다. 시적 자아는 방 안에 놓여 있는 대상들을 확인하는데, 그 중 중요한 요소 중 하나로 "우울한 知慧. / 두고 간 發言들"이 물화되어 놓여 있다. 범죄로 형성된 우울하고 부끄러운 지식, 지혜, 언술('발언')들이 떠돌고, 이것들은 결국 모순과 '충돌' 속에 그에게로 쏟아진다. 이 시가 맥락으로 하고

---

10) 본고에서 인용된 조태일의 텍스트들은 이동순 엮음, 『조태일 전집―시 1, 2』(창비, 2009)에서 인용된 것임을 밝혀둔다.

있는 60년대적 상황 속에서 모든 책 속의 지식과 언어는 이 상황을 해명하지 못하고, 서로 모순만을 일으키는 존재들이라는 인식이 깔려 있다. 이런 상황 속의 '나'는 "잠을 찾을까?"라는 언술로 자신과 '시민'들의 평화와 안식을 염려하지만, 그것은 확증된 대답을 얻을 수 없는 발화가 된다. 즉, 이 발화는 "잠을 찾아야 한다"는 당위성과 "그렇지만 찾지 못했을 것"이라는 부정과 회의의 다성적 목소리이다.

조태일 시에서 이러한 자기부정의 다성적 목소리는 많은 의문문의 표현으로 나타난다. 위의 「우울한 房」에서는, "休息處를 찾았을까.", "市民은 각자 밤을 찾을까."로 변주되어 나타나는데, 앞부분에서 "찾을까?"와 같이 물음표의 불확실성이 좀더 강조되는 반면, 뒷부분에서는 마침표로 종결됨으로써 주체의 당위와 소망의 태도가 좀더 전경화된다. 이 외에도 "이 사람이 나던가? 참말 나던가? // 犯罪가 달리고, / 사랑이 脫營한, 그러나 無敵의 肉體를 / 누가 알어? / 누가 알어?"(「밤에 흐느끼는 내 肉體를」)라고 하면서 자신의 육체와 정체성에 대한 확신에 도달하지 못함을 드러내기도 하고, "잊혀진 것이나 되어볼까? / 버려진 것이나 되어볼까?"(「골목 有感」)와 같이 소멸의 의지와 기대가 의문문 속에서 망설임으로 변질되기도 한다.

그런데 「우울한 방」에서 주체의 '방'에 대한 인식에서 아이러니가 드러나는 지점 중 하나는 이 '유괴'된 방이 역사적 주체로서의 성숙의 방이기도 하다는 점이다. 시적 자아 자신이 책 속의 지혜에서 답을 찾지 못하고 "우리가 여기 온 까닭"을 긴 침묵과 숙고로("……") 얻어낸 결과는 "부끄럽게 성숙"하는 "결실"로 나타난다고 말한다. 그러나 이내 다시 부정하여, 끊임없는 회의 속에서 "우리를 어디로 인도할 것인가" 묻고, 역사적 미래의 불안한 불확실성 속에서 자아 자신의 실패를 객관화하기에 이른다. "巨大한 平和를 勝利를 市民들은 / 붙잡질 못한다." 평화와 승리 획득의 실패를 '시민들'에게 도착증적으로 전이시키면서, 평화와 승리 같은 영구히 붙잡을 수 없는 결여의 존재, (비)존재의 추상적 대상들을 마치 "자꾸만 잃어가며, 잃어가며" 상실한 것'처럼' 애도한다.

이 지점에서 시적 자아는 두 갈래로 분열되는 양상을 보인다. 하나는 "피로한 勇斷을 내리고 / 쓸쓸히 外遊의 길을 떠난" 한 무리, 나머지 하나는 여전히 이 방안에 잔존해 있는 주체. 이 주체는 자신의 일부분에 해당하는 것을 떠나보내고, 방안에서 "不足한 사랑과 自由 몇개와 / 성난 女人"과 함께, 자신의 결여를 느끼며 잔존해 있다. 우리가 주목해야 할 것은, "부족한 사랑", "자유 몇 개"의 추상적 존재의 구체화가 "성난 여인"과 동위적으로 배치되어 있다는 점이다. 정념 속에 휩싸인 그녀는 남성적 주체 '안에서', 이 존재적 방 안에서 하나의 결핍된 존재로서 상존해 있으며, 내면세계를 멜랑콜리한 이중성으로 만드는 인물 표상에 해당한다. 즉, 남성 주체 안에 있는 타자성의 여성인 것이다.

주체는 자신을 통일성 있는 자아로 정립하기 위하여, "밖에서 서성이는 햇살"의 가능성을 믿고 밖으로 나가서 이 이중성의 존재인 여성을 "골목에 버리"겠다고 단언한다. '골목'은 방의 밀폐된 사적 공간과, 광장같은 공적 영역의 중간 단계 해당하는 중간적 영역으로서, 주체는 탈주에 대한 욕망 속에서, 자신의 수동성과 속박을 아이러니하게 드러낸다. 그리고는 이내, 다시 유폐된 방 안으로 되돌아오게 되는 회귀 운동을 보여준다. 마지막 행에서 "방을 살아라” 하는 절대적이고 폭력적인 명령 속에 주체는 여전히 구속되어 있고, 절대적 타자의 부름에 수동적으로 응답하는 비윤리적인 무책임성을 반성적으로 고백하게 된다.

그러니까 이 시는 자신의 역사적 공간 속에서 구속되어 있고 축소된 자아를 좀더 능동적이고 완전한 자아로 형성해보고자 하는 노력의 불가능성과 그것에 대한 회의적 판단을 물음표와 인물형성, 반복된 언술 간의 반복과 차이 속에서 아이러니하게 고백하고 있다고 볼 수 있다.

우리들의 房은 音樂이었다. / 기어드는 햇살을 막고,
낮은 音程으로 펄럭이는 커틴. / 音樂의 골짜기마다 아로새겨진,
발가벗은 道德과 괴로워하는 肉體의 革命은
다시 일어나고 있었다.
― 두려운걸요. / ― 당신의 노란 스카프가 좋군.
世界는 어느덧 우리들의 팔다리에서 타오르고,
몇권의 書籍들은, 저기 저렇게 拍手를 치면서
盲目의 眞理를 잡아 먹고 있었다. / 잡아 먹고 있었다.
한잔의 커피와, 진한 입술의 겨울날,
사실, 젊은 戀人들은 휘파람을 불면서
煖爐 곁을 비껴가고 있었다. //
우리들의 房은 裸體였다. / 窓가에서 時間은 부끄러운 듯,
멈춰 있고. / 나는 여러번 동안이나 미쳐 있고.
눈이 내리는 房의 어느 곳에서나, / 革命은 일어나고 있었다.
자고 일어나면 막연히 나부끼는 人民들의 어디에서나,
쌈싸우는 住宅들의 어디에서나, / 미워하는 것들이 있었다.
어린 文章들이 나의 肉體를 감쌀 때
드디어 나는, 사랑을 배웠었다. //
肉體의 모호한 부분을 기어다니는 音樂은,
흐트러진 머리카락에 위태로이 걸려 있고,

神은 귓전을 기어다니다가 / 당신의 피부색만큼 짙어지고.
한모금 담배연기 속에서 나는, / 당신의 知慧 속에 묻혀 있었다. //
우리들의 이마와, 입술의 어디쯤일까, / 時間은 발가벗었고.
―눈이 내린다는 理由만으로 나는 미칠 수 있어요,
저 눈보라처럼.
―암, 미쳐야지. 미쳐야지.
內衣마다, 不安한 神들은 눈을 뜨고. / 어머니들은 추운 겨울날,
나와 당신의 靈魂을 어루만지는 / 아아, 詩가 하이얗게 흩날리는
겨울 거리, / 나는 사랑의 獨裁者였다.

「煖爐會2」 전문

　‘방’에 대한 알레고리는 위 인용시에서도 마찬가지이다. 알레고
리는 아이러니와 깊은 연관을 갖는 것이다. 폴 드 만의 경우에는
아이러니를 알레고리와 마찬가지로 시간성과 연결하는데,11) 드 만
에게 아이러니는 문학 텍스트의 분열 원리였으며, 기호와 의미 간
의 불일치, 작품의 부분들 간의 응집력의 부재, 허구성을 드러내는
문학의 자기 파괴적 능력, 견딜 수 없게 된 상황으로부터 도피하지

---

11) 폴 드 만(Paul de Man)의 알레고리는 "세계와 그 상징화 사이의 서술되고 상상
　　된 차이", "축자적인 세계와 의미화된 세계 사이의 상상된 차이"로서 기능하는
　　것이며, 그에게 유일한 진정한 시간성의 수사학으로서의 문학은 이전과 이후,
　　기원과 추락, 진정한 것과 진정하지 않은 목소리를 생산하는 방식을 반영하기
　　때문에, 주체의 불가능성과 불가피성을 아이러니하게 드러내는 것이다. (Claire
　　Colebrook. *IRONY*. Routledge, 2004, pp.108~110. 참조.) 이와 관련하여 폴 드 만
　　의 진술을 인용하면 다음과 같다. "아이러니는 시간적인 경험의 흐름을 순수한
　　신비화인 과거와, 진짜가 아닌 것 내부에서 재발함으로써 영원히 시달리도록
　　남아있는 미래로 구분한다. 이러한 모조성을 알 수는 있지만 결코 이것을 극복
　　할 수는 없다. 점점 더 의식적인 단계에서 다시 말하고 반복할 수 있을 뿐이지
　　만, 실증적인 세계에 적용되는 이러한 지식을 만들어 내는 것의 불가능성의 끝
　　없는 포착이 남는다…… 알레고리와 아이러니는 진정 시간적인 곤경에 대한 그
　　것들의 공통적인 발견 안에서 연결되어 있다." (Paul de Man, *Blindness and
　　Insight-Essays in the Rhetoric of Contemporary Criticism*, Methuen & Co.Ltd, 1983,
　　p.222.)

못하는 무능력이라는 관점에서 보았으며, 그것은 독자가 단일하고 명백한 독서 규약을 소유하는 것을 불가능하게 하는 언어의 균열·중지·분열로서,[12] 문학을 통한 주체의 불가능성과 불가피성과 함께, 문학이 가지고 있는 윤리적 진본성을 끊임없이 의심케 하는 만드는, 문학의 핵심적 본질이라고 할 수 있고, 이로써 우리는 아이러니와 문학적 주체의 분열적 자아상과의 상관성을 찾을 수 있게 한다.[13]

위 인용시에서 '방'은 자아의 내면 세계이며, '음악'과 '육체'의 방으로 구성된다. 이 방에서 '햇살' "낮은 音程으로 펄럭이는" 우울한 커튼으로 막혀있는, 우울증자의 방으로 표현되고 있다. 또한 이 방에서 '도덕'은 그 유효성이 퇴색되며("발가벗은 道德"), 육체는 괴롭다. 여기서 우리가 주목해야 할 부분 중 하나가 초반의 대화 장면이다. 여기서 두 인물 혹은 분열증적 인물의 대화는 <고도를 기다리며>를 연상시키는, 논리적 연속성을 상실한 채로 제시되는데, 첫 번째 인물(아마도 여성)의 실존적 '두려움'과는 상반되게, 두 번째 인물(아마도 남성)은 스카프의 색깔을 찬미하며 일상성으로 떨어지고 있다. 이러한 두 인물의 대화에 있어서의 분열상은 대시('—')[14]로

---

12) Ernst Behler, *Irony and Discourse of Modernity*, 이강훈·신주철 옮김, 동문선, 2005, 118~119쪽.

13) 한편 페터 뷔르거는 벤야민이 알레고리 작가의 활동을 멜랑콜리적 활동으로 특징짓는다고 설명하면서, 그에게 알레고리는 그 본질상 파편들의 조합으로부터 의미를 산출해 내는 것이며 유기적 상징과 대립되는 것으로 설명한다. 벤야민에게 멜랑콜리는 개별적인 것에 대한 집착, 하지만 불만족스러운 상태로 머무를 수밖에 없는 집착이라고 뷔르거는 설명하는데, 이런 관점은 이 글의 아이러니한 태도와도 관계가 있다. Peter Bürger. *Theorie der Avantgarde*. 최성만 역, 지식을만드는지식, 2009, 134~142쪽 참조.

14) 린다 허천은 인용부호, 역콤마[《', "》], 이텔릭, 발음구별 부호, 감탄 부호, 의

연결되어 그 거리를 더욱 벌리는 가운데, 바로 뒤 장면에서 '세계'
의 폐허화되는("타오르고") 모습에서 일어나는 공포와 두려움, 불안과
는 대조적으로 '서적'의 의인화된 유쾌한 모습("박수를 치면서")은 "진
리를 잡아먹는" 야수성, 괴물성으로 나타나서 불안을 더욱 가중시
킨다.

　2연은 1연의 반복이면서도 차이를 보인다. 2연에서는 1연의 두
려움과 불안이 더욱 증폭되어, 육체는 '나체'로 드러나서 멜랑콜리
한 주체의 행동력을 저하시키고, '시간'(또는 역사)은 부끄러움으로
얼룩져 있으며, '나'는 결국 광기에 휩싸인다. 그래서 주체의 내면
세계가 이러한 광기, '미움'의 '혁명'성으로 평화와 평온을 찾지 못
하는 가운데, 그는 다시 한번 새로운 언어('어린 문장')으로 자신의 멜
랑콜리한 나체성을 극복하려 한다. 이러한 새로운, 신선한 언어에
서 주체가 발견하는 정동은, 이전의 광기와 증오, 부끄러움이 아니
라 '사랑'이었는데, 이것 역시도, "肉體의 모호한 부분을 기어다니
는 哺乳"으로 드러나면서, 육체의 실재성, 모호성, 이성의 언어로는
다 포괄하지 못하는 잔여의 불가능성과 한계가 드러나면서, 역사의
부끄러움은 완전히 극복되지 못한다.

　그러나 그 다음의 두 번째 대화에서는 최소한 두 인물 간의 대
화가 논리적 연속성을 회복하게 된다. 여기서는 이전의 '두려움'과
는 다른, 눈 오는 곳에서의 어떤 광기("미쳐야지")에 대한 동의와 의견
일치를 보는데, 결국 이를 어루만질 수 있는 것은 '어머니'와도 같

문 부호, 대시dash, 생략, 괄호 등의 회화적인graphic 구두점 기호들과 인쇄상의
표지들이 아이러니의 유표들이 될 수 있음을 설명한다. Linda Hutcheon. op. cit,
p.155.

은 '시'의 포근함과 사랑이었다고 고백한다. 하지만 이러한 시적 자아는 상호작용적인 화해와 독단성, 공격성의 '사랑의 독재자'라고 하면서, 자신의 시의 본질적 한계와 가능성을 동시에 드러내고자 하였다.

결국 이 시의 제목인 '난로회', 즉 따뜻한 난로를 가운데 둔 사람들의 모임은 해산되고, 이 '난로'의 안온함과 평화는 눈이 내리는 곳에서만 가능한 시적 '광기'와 '혁명'과는 대척점에 있는, 벗어나야 할 지점이 된다. 이로 볼 때, 이 시의 전반부와 후반부는 멜랑콜리한 주체의 관점과 사유상의 어떤 도약과 반론이 펼쳐지는 구조를 갖게 된다. 즉 평화와 일상성, 이성이나 논리는 오히려 부정적인 속성으로 치부되고, 반대로 시적 광기와 혁명, 모호한 육체성은 강한 생명성('사랑')과 활동성을 띠면서 그 둘 사이의 대립적 위계관계가 전복되고 있다. 결국 그의 멜랑콜리는 극복되어야 하는 것이기는커녕 진실한 삶을 살아가기 위한 성적 에너지가 될 수 있는 것이며, 이러한 멜랑콜리의 아이러니는 "자기창조와 자기파괴의 반동성"을 지니며, "교대로 이어지는 의견과 반론, 사고와 반사고"[15]라는 슐레겔의 아이러니에 대한 관점과도 맥이 닿아 있는 것이다.

> 차라리 진지한 내 홀로의 술잔에서, / 僞善의 時間이 감긴 어느,
> 女學校 강의실에서 破裂됐다면야 / 덜이나 억울해.//
> 사슴이의 뿔이나, 부엉이의 입부리나,
> 독수리의 발톱에나 破裂됐다면야 / 차라리 덜이나 억울해.//
> 五月 내가 누워 있던 殘忍한 새벽은,
> 寢室은 저 가까운 記憶의 바다로 가

---

15) Ernst Behler, *op.cit*, pp.98~99.

크게 생각하라. 크게 생각하라. //
물마른 가지 위 / 마지막 人情처럼 걸려 있는,
하루가 지루한 學童들의 上學길에,
처량하게 처량하게 널려 있는 / 나의, 당신의, 상한 處女膜은
革命으로 破裂돼서 부끄러워라,
부끄러워라. 당신의 兵士의, 詩人의 處女膜도
革命으로 破裂돼서, 정말 원통해라.
아아, 내 작은 한줌의 自由여, 民主여.
나의 상한 處女膜 近處에 웅성이는
고달픈 아우성을 쫓기던 哭聲을 듣는가.
무덤이 있다면, 당신들의 나의 處女膜이 다시 만들어지는
무덤이 있다면 / 나의 處女膜을 마지막, 無事通過하라
저 안타까운 五月의 帝王을 굽어보라.
나의 處女膜은 크게 울고 있어라.

「나의 處女膜은(나의 處女膜1)」(1964. 6. 1) 전문

조태일 시에 표상된 여성들의 육체는 음악, 언어(시)와 상통하는 것이었으며, 이러한 육체는 주로 이성과 반대편에 위치해 있는 하체에 대한 것으로, 초기 시편에서는 '즈로즈'나 '내의' 정도로 드러났으나, 「나의 처녀막」연작에 와서는 외설적인 '처녀막'에 대한 환상으로 표상되는데, 이에 대해서는 이 시편에 관해서는 여러 논자들이 언급한 바가 있다.16) 본고에서는 이를 바탕으로 하면서도, 논

---

16) '처녀막'의 의미와 <나의 처녀막> 연작이 갖는 의의에 대해 잠깐 언급하면 다음과 같다.
　① "「나의 처녀막」 연작시를 통해 순결하고 신비하면서도 정결한 성인 여성의 '처녀막'을 난폭한 시대에 저항하는 소재로 채택함으로써 그들의 잔인함과 포악함을 폭로. '강간'당한 사회, '처녀막이 파열'된 시대의 권력을 온몸으로 맞서고 있는 대항의 장소가 바로 여성의 몸이 되고 있다." (이동순, 「조태일 시 연구」, 전남대학교 박사학위논문, 2008.)
　② "조태일의 초기시는 「나의 처녀막」에 이르러 시의 문제로 현실적 문제가 정

의를 좀더 전개하기 위해, 이 '처녀막'을 남근(팔루스)[17]에 상응하는 여성적 남근기표[18]로 보고자 한다.

그래서 '처녀막'의 '파열'은 남근의 거세에 상응하는 것으로 생각해 볼 수 있는 것이다. 굳이 이것이 남근거세와 연결되는 것은

립되고, 「식칼론」에 와서 현실인식과 자기 각성을 통해 세련되고 심화된 민중의식을 「국토」 연작으로 표출한다."(염무웅, 「발문」, 조태일, 『국토』, 창작과비평사, 1975.)

③ "여성 신체의 일부분을 가리키는 말이 아닌 '4월혁명의 정신'을 상징하는 시어." (박몽구, 「탈식민주의 관점에서 본 조태일의 시세계」, 『현대문학이론연구』 Vol. 29, 현대문학이론학회, 2006.)

17) 라캉에게 남근(팔루스)은 넓은 의미를 갖는다. 남근은 성이나 육체기관과만 관련된 좁은 의미의 상징이 아니라는 것이다. 한 주체에게 상상적인 만족감, 근거 없는 충족감을 주는 모든 것, 자신의 결여를 채울 수 있다고 여겨지는 모든 것, 하지만 궁극적으로는 '무'일 뿐인 모든 것이 남근이라는 상징 속에 포함된다. (홍준기, 「라깡과 프로이트·키에르케고르」, 김상환·홍준기 엮음, 『라깡의 재탄생』, 창비, 2008, 55~56쪽) 또한 남근은 현존됨으로써 현존하지 않는 가상적 현존이며, 남근의 위험스런 설치자(installer)로서의 거세는 상실되었다고 믿어지는 향락에 대한 양도를 강요하며, 엄격히 말해 불가능한 것이다. (Roberto Harari. *Lacan's Seminar on "Anxiety"* : *An Introduction*(trans. Jane C. Lamb-Ruiz, ed. Rico Franses), Other Press, 2001, pp.241~249.)

18) 결여와 거세에 대한 라캉의 입장을 설명해 주는 지젝의 진술을 보자. "데리다에게 결여의 위치를 국소화하는 것이 글쓰기 과정의 '산종'을 순화시켜 버리는 것이라면, 이와 달리 라캉에겐 오직 그러한 역설적인 '적어도 하나'의 현존만이 간극의 근본적인 차원을 유지시켜 준다. 이 역설적 요소의 라캉적인 이름은 물론 기표로서의 남근, '그 자체의 지표로서의 진리'에 대한 일종의 부정적인 판본이다. 남근 기표는 말하자면 그 자신의 불가능성에 대한 지표인 것이다. 그 자체의 실정성 속에서 그것은 '거세'에 대한, 즉 그 자신의 결여에 대한 기표이다. 이른바 전(前)남근적인 대상들(젖가슴, 똥)은 상실된 대상들이다. 이에 반해 남근은 단순히 상실된 것이 아니라 그것이 현존함으로써 어떤 근본적인 상실에 신체를 부여하는 대상이다. 남근을 통해 상실 그 자체가 실정적인 존재를 얻게 된다. 바로 이 지점에서 라캉은 "페니스란 남근적인 상징이 아니라면 무엇이겠는가?"라는 유명한 구절을 말했던 융과 차별화된다… 그가 반응을 하면 할수록, 그가 자신의 힘을 보여주면 보여줄수록 그의 무기력은 그만큼 더 확실해질 뿐이다. 남근이 거세의 기표라는 것은 정확히 바로 이런 의미에서다." (Slavoj Žižek, *The sublime object of Ideology*, 이수련 옮김, 인간사랑, 2002, 265~267쪽에서 인용함)

시적 자아가 단일한 여성주체로서 여겨지기보다는, "나의, 당신의"에서 보듯, 모든 내포독자가 시적 자아와 마찬가지로 처녀막이 파열된 채 있다는 것을 언표해주기 때문이다. 그러니까 이 시의 말하는 주체(speaking subject)는 여성적 가면을 쓴 남성적이기도 한 양성적 주체라거나, 혹은 여성의 가면을 쓴 남성 작가에 관한 것이라거나, 또 달리 말해서 남성적 가면을 쓴 채 자신은 거세되지 않았다고 자신있게 확신하는 자들의 여성적인 실재적 얼굴이라고 말해야 할 것이다. 이런 이유로 이 시의 '처녀막'은 팔루스와 상응하게 되는 것이다.

여기서 '파열'(즉, 거세)의 원인에 해당하는 것은, 이 시의 창작연대와 "五月 내가 누워 있던 殘忍한 새벽"이 암시하듯, 5·16 군사정변과 깊은 연관을 가지는 것으로 쉽게 받아들일 수 있을 것이다. 여기서 주체가 더욱 부끄러웠던 것은 그러한 파열이 소위 '혁명'의 이름으로 자행되었다는 것인데, 이 '혁명'은 4월 혁명의 자유와 민주를 위한 참다운 혁명이 아니라, "五月의 帝王"과 같은 상징계 대타자에 의해서 전유된, 기표의 기만에 의한 것이었다는 것이다. 즉, '혁명'이라는 기표의 기의를 폭력적으로 탈취("강간")당한, 그로 인해 '자유'와 '민주'의 상실로 슬퍼하는 멜랑콜리한 주체의 애도가 이 시의 주요한 흐름을 이룬다.

그런데 여기서 특이한 것은 하나의 경계적 기관에 불과한 '처녀막'이 "물마른 가지위/마지막 인정처럼" 걸려서 전시되고 있다는 점이다. 여성주체의 몸 밖으로 나온, 여성으로서의 정체성을 형성한다고 믿어지는 그것이 지금 그녀의 몸 밖으로 배출되어 현전해 있다는 것이다. 그렇다면 이것은 라캉적 의미에서의 대상 a(objet petit a)[19]에 해당하는 것이 아닌가. 이러한 대상 a의 지위를 갖는 남근인 '처녀막'은 주체에게 불안을 야기한다. 이미 파열된 것으로 확실하게 떠오르는 이것은 대타자의 현존과 함께, 그의 결여로서의 욕망을 떠올리게 하면서,[20] 그것은 자신이 "五月의 帝王"인 그 대타자에게 욕망의 대상이 되었음을 떠올리게 하는 아이러니한 의미효과를 발산한다. 빼앗긴 처녀막 자리의 주변에서 충동적으로 맴돌게 된다. 바로 여기서 아이러니의 신호가 발산되고 있다.

우선 주체의 파열된(거세된) 처녀막은 이 주체가 분열된 결여의 주체임을 현시해 주는 것이다. 그/녀는 욕망의 주체로서, 욕망의 주체가 탄생하려면, 처녀막은 반드시 파열(거세)되어 상징계 내에 입성해야 한다는 것이다. 이렇게 고통스럽게 상징계에 기입된 그 빗금처진 주체는 그제서야 자신의 멜랑콜리를 자아내게 하는 파열된 공백과 무(無)의 공간 주변에서 "웅성이는" "아우성"과 "음성"을 듣는다. 욕망의 원인-대상으로서의 처녀막 주변에서 "아우성", "음성" 즉

---

19) 대상a의 본질은 절단된 주체가 배설한 차액이다. 욕망은 '충동'의 대립지점에 위치한다. 태반으로부터 박탈되면서 '자기성애적 충동'이 발생하며 이 때 결여가 생긴다. 이 결여는 '물(la chose)'을 중심으로 충동의 원천이 된다. 대상 a는 이 구멍을 메우기 위해 도래하는 것이다. (강응섭, 「라깡의 불안 변증법과 탈경계」, 『라깡과 현대정신분석』 Vol.11 No.2, 한국라깡과 현대정신분석학회, 2009, 21~23쪽) 언어를 통해서, 병리적인 주체로부터 실재적인 향유를 빼내는 것이 바로 거세인데, 라깡에서 중요한 것은 바로 이러한 거세가 완전하게 이루어지지 않는다는 점이다. 그것은 항상 향유의 잔여물을 남기게 되는데 이것이 바로 대상a이다. (맹정현, 「라깡과 싸드-전복을 위한 몇가지 연산」, 김상환·홍준기 엮음, 『라깡의 재탄생』, 창비, 2008, 182쪽) 또한 지젝의 관점에서 대상a는 "(이데올로기의) 숭고한 대상", "사물의 존엄성이라는 지위로 승격된" 대상이며 동시에 왜상적 대상이다. (Slavoj Žižek, *Did Somebody Say Totalitarianism? : Five Interventions in the (Mis)Use of a Notion*, 한보희 옮김, 새물결, 2008, 229쪽)
20) 이 시의 주체는 대타자의 결여와 불완전성에 대한 언어적 아이러니의 한 표지로서 "저 안타까운 五月의 帝王을 굽어보라."라고 말하고 있다.

노래와 시는 생산되고, 이미 잃어버린 것으로서의 '민주'와 '자유'
는 비로소 욕망의 대상이 된다. 그러니까 주체가 언제나—이미 잃
어버린 자신의 '처녀막'을 앞에 전시하면 할수록 자신의 결여를,
불완전성과 공백을 고백하게 되는 것이다. 아울러 자신의 '처녀막'
을, 결여를 아이러니하게 드러내는 이 공허한 남근기표를 강렬하게
원하는 상징계 대타자 내의 결여와 욕망, 불완전성도 함께 고발해
주면서, 그러한 대타자에 대한 연민의 제스처("저 안타까운 五月의 帝王")
를 아이러니하게 표현하고 있다.

　또 하나 지적할 점은, 욕망의 대상, 잃어버린 사랑의 대상을 다
시 소유하려면, 처녀막은 다시 파열되어야 한다는 것이다. 그래서
주체는 "나의 處女膜을 마지막, 無事通過하라"라고 외치는 것이다.
다시 말해 5월의 '혁명'이 아닌 4월 '혁명'과 같은 참다운 마지막
혁명이 이루어지려면 처녀막은 언제나 '자유', '민주'를 위해 바쳐
져야 하는 것이다. 자신을 '자유'와 '민주'라는 '숭고한 대상'을 열
망하는 욕망의 주체로 만들면서도 그 자신이 그것을 위해서 희생제
의를 거치지 않으면 안 되는 무고한 희생양이 되어야만 하는 운명
을 감지하고 있다.

　따라서 이 시에서는 여성이면서도 남성인 이중성을 띤 이 주체
가 자신과 대타자의 결여와 공백을 드러내면서도, 그러한 공백과
결여가 이미 상실한 '자유'와 '민주'라는 숭고한 이데올로기적 대
상을 '낳을 수 있는' 힘이었음을 아이러니를 통해서 다성적으로 드
러내고 있다 할 것이다.

03 │ 타자 – 대상을 '삐딱하게 보기'

이번 절의 제목에서 '타자'는 두 가지 중층적 의미를 띠고 사용될 것이다. 슬라보예 지젝(Slavoj Žižek)의 관점에서,21) '타자(Other)'는 사물(the Thing)로 나타나거나 제3항으로 나타나는 것이며, 이 둘의 긴장으로 인해 윤리적 공간에 궁극적 좌표를 제시하게 되는 것이다. 여기서 '사물로서의 타자'는 우리에게 무조건적인 명령을 내리는 심연과도 같은 타자성을 말하며, '제3항으로서의 타자'란 나와 타자들('보통의' 다른 인간들)의 만남을 매개하는 작인이며 나와 타인들 사이의 교환을 조율하는 '비인격적' 규칙들의 집합을 말한다.

또한 여기서 '삐딱하게 보기'(Looking awry)는 사실상 불가능한 대상 a를 응시(gaze)하는 방법을 말함인데, 우리는 이 대상(타자)을 똑바로 보지 못하고 항상 곁눈질로 '삐딱하게' 보아야 하는 것을 말함이다.22) 이 '삐딱하게 보기'는 그 자체로 왜상인 대상 a를 보려는 주체의 강렬한 욕망과 동시에 그 불가능성을 의미화한다고 보았다. 다시 말해, 주체는 대상 a를 환상적 스크린을 걷어서 그 공백과 결여를 똑바로 보려는 노력을 하고 있으나, 그러한 노력은 불가능성(불가능한 응시)을 노정하게 되는 것이기에 '삐딱하게 보기'는 멜랑콜리한 주체가 타자의 실재성과 만나는 간접적인 방법이 될 수 있는 것이다.

앞서 진술한 바와 같이 조태일 시에서는 자유와 민주, 혁명과 같

---

21) Slavoj Žižek. *Looking Awry : An Introduction to Jacques Lacan through Popular Culture.* 김소연·유재희 역, 시각과언어, 1995, 28~29쪽 참조
22) Slavoj Žižek, 위의 책(2008), 229쪽.

은 숭고한 대상들에 대한 애도를 표하려고 노력하고 있으며, 그 속
에서 그 자신의 한계와 불가능성에 부딪히게 되는 아이러니한 과정
을 겪고 있는 것으로 드러났다. 이번 절에서 살펴볼 작품들은 그
구체화된 양상들이라고 할 수 있겠으며, 주로 남성적 단일 주체로
서 등장하게 되는 작품들을 중심으로 살펴보고자 한다.

> 그 뒤 총각은 달빛 속으로 흘러가버렸는데 말이다.
> 그 사람 아아 그 사람이 / 내 아벤가 몰라.//
> 그러면 그러면 요 고인 것이
> 남 몰래 나 몰래 흘리던 어메의 눈물이라면
> 아베 무덤 파 쏟아줘야 할 텐데 말이다,
> 어메는 도시 아베 무덤을 아니 가르켜주니 말이다,
> 아벤 살아 있는지 누가 알어? 혹 몰라. //
> 그런데 말이다. /그 꿈속의 총각을 여기서 보고 싶은데
> 고 얼굴은 아니 보이고 山그림자 山말만 도사리고
> 하늘만 흘러가니 말이다.
> 아벤 지금은 다른 처녀귀신과 누워 있는지
> 누가 알어? 누가 알어? 혹 몰라.// (중략)
> 고 꿈속에서 본 그이 얼굴 같은 어쩌면 내 얼굴 같은
> 꼭 나만한 사람이 하이얗게 움직이며
> 하늘 위로 사라지는 걸 보았는데 말이다.
> 아베는 내 거동을 살피고 있었는지 / 혹 몰라, 몰라. //
> 그런데 참 모를 일은 말이다.
> 내 다시 깨진 물동이를 내려다보았는데
> 山말은 들리지 아니하고 말이다, / 하늘 그림자만 넘쳐 흐르고
> 아까보다 더 많은 것이 고였는데 말이다,
> 아베 눈물인가 어메 눈물인가 내 눈물인가 / 정말 정말 몰라.

「물동이 幻想」 부분

이 인용시의 시적 자아는 "어느날 저녁 달빛 타고 흘러온 총각"으로 나타나서는, 자신의 어머니를 취하고 홀연 사라져버린 아버지의 생사 여부뿐만 아니라, 안티고네와 같이 아버지의 무덤 자리를 몰라 제대로 애도할 수 없는 우울증적 주체로 언표된다. 그는 애타게 그에 대한 진실여부를 추적해 내려고 애쓰고 있다. 그래서 그를 그리움과 슬픔의 정념으로 빠뜨리게 되는 주요 요인은 '앎'과 '지식'의 차원, 아버지의 생사 여부에 대한 '앎', 아버지의 환영인 듯한 존재에 대한 진위여부에 대한 '앎', 깨진 물동이 속에서 언캐니(uncanny)하게 환영적으로 만나는 아버지(실은 자기 모습의 반영)의 자신의 일치여부 등에 대한 '앎'의 차원이 주체를 더욱 슬픔에 빠뜨리고, 이러한 앎과 무지의 정념이 "몰라, 몰라", "모를 일" "어쩌면" "누가 알어?" 등으로 아이러니하게 언표되는 것이다. 즉, 물동이에 비친 환영만큼이나 확실하면서도 불확실한 그의 앎은 "몰라"로 언표되면서도 어느 정도의 확신과 '믿음'이 개입된다는 말이다.

여기서 자아는 실재계 타자의 유령같은 흐릿한 환영, 거울 같은 기능을 하는 '물동이' 안에서 만난 왜상[23]("깨진 물동이") 속에서 대상("아베", "어메")에 대한 앎과 만남에 대한 열망과 그 자체의 불확실성 속에서 왕복운동하면서, 그 진폭을 더욱 크게 벌리고 있는 것이다.

---

23) 왜상(歪像, anamorphosis)은 승화와 내적 연관을 지니는 것이다. 현실 속의 일련의 대상들은 공허 주위에서(혹은 차라리 그 공허를 감싸고) 구조화되는데, 현실의 요소들 중 하나가 전치되어 그 중심의 공허의 자리를 차지해야만 하고 그것이 라캉이 대상a(objet petit a)라고 불렀던 것이다. 왜상은 물질적 현실성이 왜곡된 어떤 대상을 가리키는데 그러한 왜곡은 대상의 '객관적' 특성들에 어떤 응시가 각인됨으로써 생겨난다. 응시가 각인될 때 비로소 객관성을 획득. 흐릿한 윤곽과 얼룩이 어떤 '편향된 시각'의 관점에서는 선명한 실체로 변모하는 것이다. Slavoj Žižek, 위의 책, 2008, 230~231쪽.

더욱이 '아베'는 "달빛 속으로 흘러가버"렸으며, "하늘 위로 사라지는" 신비하고 승화된 존재로 표상되고,[24] 줄곧 자신의 "거동을 살피고 있었는지" 모르는 응시하는 대타자—아버지(지젝의 용어로는 제3자)로 등장하면서, 아이러니는 더욱 증폭되는데, 이 응시는 물동이 안에 비친 자신의 모습 속에서 반사된 왜상으로 나타나는 것이므로, 아버지의 시선은 결국 자신의 자신에 대한 시선이 되는 것이다. 또한 아버지의 시선 즉 부성 은유를 받아들임으로써 주체는 새롭고 다른 종류의 안정성을 획득하게 되겠지만,[25] 현재 이 前오이디푸스적 주체에게 아버지는 (비)존재로서 불확실성에 속해 있는 것이므로, 자신의 안정성에 대한 욕망은 종결되지 못하게 된다. 결국, 무지한 퇴행적 존재로 설정된 그의 앎과 지식은 무지로 종결되고, 그 앎은 대타자에게 전이되어야만 하는 것으로 잔존하게 된다. 따라서 이 시에서 멜랑콜리에 빠진 주체의 애도작업의 하나로서의 승화와 자신의 정체성 형성은 완료되지 못하고, 재현가능성과 불가능성 사이의 언캐니하고 멜랑콜리한 상태로 머물고 있는 것이다. 이러한 상태가 앞서 말한 바대로 의문문의 반복 형식으로 표출되고 있음은 말할 것도 없으며, 이러한 반복 자체가 그 문장 사이의 차이를 발생시키면서 아이러니의 발생지점이 될 수 있기도 하다.

> 그날 나는, / 욕망이 떠나가버려서
> 책갈피에서 느닷없이 튀쳐나오는
> 허약한 내 房의, 기별 없이 모이는

---

24) 승화는 대상을 사물로 승격시키는 가운데 이루어지는 것이다. 같은 책, 243쪽.
25) Slavoj Žižek & Renata Salecl ed. *Gaze and Voice as Love Objects*, 라깡정신분석연구회 옮김, 인간사랑, 2010, 132쪽.

그 戀愛가 별나고 하도 하도 신기해서, //
나의 마지막 남은 사랑은 / 女人을 위하여, 平和를 위하여
성실한 畵家가 차려놓은 世界의,
가난한 '가시내'앞에 / 人事도 없이 앉았었지. //
머리는 치렁치렁 나의 時間들을 얽혀 이고,
두 눈엔 太陽이 젖어 있을 때
울부짖는 野獸를 위하여, / 한번 敗北를 위하여,
헤엄치는 쎅스 가까이서, 나는 잠을 잡았었지. //
짐승들의 날쌔인 行動이 익고, / 쓰러진 屍身들 사이,
그 어둑한 곳에 나를 눕히고! / 내 사랑을 눕히고. //
너는 상냥한 이브. / 불붙는 '가시내'여, 불붙는 '가시내'여!
나는 옆에서 家長이 되어가고 있을 때
너의 두 눈에선 太陽이 서서히 기어나오고,
時間은 廢兵처럼 머리에서 기어내리고,
밑모를 깊이에서, / 나는 둥둥 떠 있었지.

「가시내 幻影」 전문

위의 인용시는 앞서 살펴본 「물동이 幻想」과 유사하지만, 서로 반대방향으로 치달아가는 작품으로서, 이 둘은 서로 짝패 관계를 이루는 것들이다. 이 시의 '나'는 "욕망이 떠나가버린" 우울증적 주체로 등장하게 된다.26) 여기서 자아의 사랑의 숭고한 대상이면서 '평화'의 의인화인 '女人'에 대한 주체의 입장은 돌변하여, '여인'을

---

26) 지젝에게 우울증은 단순히 상실한 대상에 대한 집착이 아니라, 대상을 상실하는 최초의 몸짓 자체에 대한 집착이다. 우울증자의 애도가 아직 상실되지 않은 대상을 향한 것인 한, 우울증 속에서 진행되는 애도의 비극적 절차들에는 이를 전복시키는 희극적 본성이 내재하기 마련이라고 지젝은 주장한다. 애도하는 자는 대상의 상실을 상징으로 만듦으로써 그것을 '두번째로 죽인다'. 이에 반해 우울증자는 단순히 그 대상을 포기하지 못하는 자인 것이 아니라, 대상이 실제로 상실되기도 전에(이미 상실된 것으로 취급함으로써) (그 또한) 대상을 두 번 죽이는 자라는 것이다. Slavoj Žižek, 위의 책, 2008, 219~226쪽.

‘가시내’로 강등시킨다. 그리고는 일종의 사디즘적인 향락 속에서 ‘가시내’를 굴복시키고 차지하려 하며,27) 그 향락 속에서 “울부짖는 野獸”와 같은 ‘쎅스’, 광기와 야수성(“짐승들의 날쌔인 행동”)과 함께, 축소되고 수동적인 죽음과도 같은 ‘패배’, ‘잠’, ‘시신’은 서로 모순된 상반성 속에 병치되고 있다.28) 마치 나란히 누운 이 자아와 ‘가시내’처럼. 그러나 이내 독자는 ‘나’와 ‘가시내’가 서로 거울같은 반영적 관계 속에 있는 인물이거나 분열적 분신임을 알 수 있다. 나의 눈 속에 들어 있는 ‘태양’(일종의 우울증자의 검은 태양)과 ‘불타는’ 여인의 뜨거운 향락적 ‘태양’은 같으면서도 다른 태양의 표상으로 등장한다. 즉, 이 시 속의 ‘가시내’는 마치 대타자(‘家長’)로부터 소유되고 탈취당한 연약하고 수동적인 주체 내부의 또 다른 자아 즉, 타아(alter ego)인 것이다.

그러나 이 ‘가시내’는 단지 남성주체의 소유물이나 향락의 대상이 아니었음을 곧 깨달을 수 있다. 이때 또 하나의 병치가 등장하

---

27) 들뢰즈에게 아이러니는 법을 그보다 우월한 선(善)의 개념에 의존케 하는 사고의 과정이다. 이 때의 법은 억압된 욕망과 같은 것으로 생각되는 것으로서, 현대적 사고에서 아이러니와 유머는 법의 전복을 지향하는 것이다. 아이러니는 이차적인 힘으로서의 법을 지나 상위 원리로의 초월을 목적으로 하는 과정 또는 운동 중에 있다. 즉 사드에게 법은 무정부 상황이라는 제도적 모델을 향한 방향으로만 초월될 수 있다는 사실을 자주 강조하는데, 법에 바탕을 둔 두 정권 사이의 간격, 즉 구정권이 폐기되고 새로운 정권이 탄생하는 기간 동안만 무정부 상황이 존재할 수 있는 것이다. 그러므로 아이러니는 상위의 초월적인 원리를 지향하는 수직적 상승운동이며, 아버지가 법 위에 존재하며 어머니를 그의 필수적인 피해자로 삼고 자신은 고차원의 원리가 되는 새디스트는 아이러니의 기질을 지닌 것이다. Gilles Deleuze, *Masochism*, 이강훈 역, 인간사랑, 2007, 97-108쪽.
28) 모순, 긴장, 병치(juxtaposition), 이중성은 그것의 풍부한 자기-수축만큼이나 독자가 아이러니한 의미의 진동에 시동을 걸기 위한 상당한 여지를 남길 수 있다. Linda Hutcheon. *op.cit.* p.70.

는데, "너는 상냥한 이브 / 불붙는 '가시내'여, 불붙는 '가시내'"는 이 여인이 수동성과 향락성을 동시에 지닌 모순적 매저키스트였음을 알게 된다. 그래서 이 부분의 따옴표 있는 "'가시내'"는 그것의 문장부호를 통해서 존재의 강등성이 보류되는 타자성(차이)을 끝까지 지니게 되는 것이다. 이 때 가장 중요한 마지막 언술인 "나는 둥둥 떠 있었지"라는 고백은 "성관계는 없다"라는 오래된 라캉의 명제를 생각나게 하면서, 여성-타자를 확실하게 애도하지도, 그렇다고 더 이상 우울증 속에서 남아있지도 못하는 애매모호한 상태, 자신 안의 타자성을 극복하지 못하는 멜랑콜리한 주체로 남아 있음을 의미화한다. 따라서 이 시에서는 우울증적 남성 주체가 자신의 일부분으로서의 여성을 사디즘적으로 강등시켜 애도하고자 하는 욕망이 오히려 자신의 타자성과 모순성을 더욱 확인하게 되어 애도에 실패하게 되는 아이러니한 결과를 얻게 된다.

論介양은 내 첫사랑 / 論介양을 만나러 뛰어들었다. //
초겨울 이른 새벽 / 촉석루 밑 모래밭에다
윗도리, 아랫도리, 내의 다 벗어던지고
내 첫사랑 論介양을 만나러 / 南江에 뛰어들었다. //
論介양은 탈없이 열렬했다.
내가 입맞춘 금가락지로 두 손을 엮어
倭將을 부둥켜안은 채 / 싸움도 끝나지 않고 숨결도 가빴다. //
잘한다, 잘한다, 南江이 쪼개지도록 외치며
논개양의 혼 속을 헤엄쳐 다니는데
물고기란 놈이 내 발가벗은 몸을 사알짝 건드렸다.
아마 그만 나가달라는 論介양의 전갈인가부다.
내 초겨울 감기를 걱정했나부다. //
첫사랑 論介양을 그렇게 만나고 / 뛰어나왔다.

　　論介양을 간신히 만나고 뛰어나왔다.

「논개양—국토6」 전문

　　위 인용시에서 실재적 타자인 '논개양'과 만나려는 시적 자아의
시도는 그의 심각한 행동에 비해 다소 희극적으로 그려지는 바가
있다. '논개'를 '~양'으로 호칭한다든가, 주체가 옷을 벗는 행위,
논개를 "잘한다"면서 응원하거나, 물 밖으로 나올 수밖에 없었던
사연은 "내 초겨울 감기를 걱정"하는 논개의 메시지 때문인 것으로
감싸는 언표는 그의 우울증적 행위화에 비해서 매우 가볍고 유쾌하
게 다루어진다.

　　그는 가식과 허위의 옷을 모두 벗어 던지고 '남강'이라는 유동하
는 여성적 공간에서 논개를 만난다. 주지하다시피 논개는 왜장과
함께 몸을 던진 신화적 여성주체인데, 이것을 정신분석학적으로 말
한다면, 그녀는 여전히 어떤 "열렬함"의 향락 속에서 남성 대타자
를 '집어삼킨' 향락적 여성이라고 할 수 있을 것이다. 그렇다면 이
'남강' 안의 공간은 여성의 유동하는 코라(chora)와 같은 공간29) 이
라고 할 수 있겠는데, 이 공간 앞에서 주체는 타자와의 동일시를
위해 '행위로의 이행(passing to the act)'30)을 감행하게 되는 것이다.

---

29) 크리스테바에 따르면, 분리되지 않은 동일화의 공간(physis)이자 데리다의 말처
　　럼 흔적들이 담긴 공허나 빈 그릇이 코라 공간이다. 그 빈 공간은 모든 흔적을
　　받아들이는 자궁이요 허공이다. 그 자체가 빈 허공이지만 거기에 들어 있는 것
　　들의 나타난 모습에 따라 그곳이 달라 보이기도 한다. 김승희, 『코라 기호학과
　　한국시』, 서강대학교출판부, 2008, 18~21쪽 참조.
30) '행위로의 이행'이란 대타자로부터 실재계 차원으로 도주하는 충동과 향락의
　　범주에 속한다. 즉, 상징적 그물망(대타자)으로부터 탈출하기, 즉 탈경계를 의미
　　한다. 이는 사회적 연대의 해체이고 주체의 해체이다. 곧 해체된 주체가 순수한
　　대상이 되고자 하는 것이다. (강응섭, 위의 글, 22쪽) 또한 행위로의 이행은 불

그러나 주지하다시피 이러한 완전한 욕망의 성취나 퇴행적 과정에서 주체는 아파니시스를 겪을 수밖에 없다는 점이 문제이다. 즉 주체의 소멸이나 작은 죽음을 겪는 과정에 대한 것으로서의 이 시는 아이러니하게도 매우 유머러스하다.

하지만, 자아에게는 유감스럽게도, 이 공간 속에서 헤엄쳐 다니다가 "발가벗은 몸을 사알짝 건드"린 논개의 메시지('전갈')를 받는다. 논개를 통해서 주체가 확인하는 이 '발가벗은 몸'은 다름 아닌 남근기표로 볼 수 있다면, 이 향락적 여성의 코라적 공간 안에서 주체는 자신의 남근의 존재, 아직 거세되지 않은 남근을 확인하게 되어, '논개'라는 향락적 대타자 앞에서 거세불안에 휩싸이고, "간신히" 그곳을 빠져 나오게 된다. 이렇듯 충만한 여성적 코라 공간 속에서의 논개와 같은 타자—여성과 우울증자의 만남은 영원한 향락으로 이어지지도 못하고 "간신히 만나고 뛰어" 나올 수밖에 없는, 순간적인 것일 수밖에 없는 것이었듯, 이러한 흘낏 보기("사알짝 건드렸다"), 다가섬과 회피31)("간신히 만나고 뛰어나왔다")는 확실한 애도나 타자와의 우울증적 동일시로 연결되지 못하는 멜랑콜리의 상태의 보류이며, 상징계 속에서 완전히 상징화될 수 없고, 포획될 수 없는 실재계 타자를 똑바로 쳐다보는 것의 치명성과 불가능성을 유머

안의 확신을 해소하는 행위들의 표현 양상들이며, 동일시했던 대상 a로 주체가 강등하는 것을 함축하는 것이다. 이러한 행위로의 이행은 종종 자살로 나타나기도 한다. (Roberto Harari. op.cit, p.77, 90, 262.)

31) "상호 배타적인 두 가지 것을 선택해야 할 때 한 사람의 태도는 둘 다 선택한다. 그러나 이것은 그가 어떤 것도 선택하지 않는 다는 것을 말하는 다른 방법이다. 그는 다른 것을 위해 한 가지를 스스로 포기할 수 없고, 그는 둘 다 포기한다. 그러나 그는 가능한 많은 수동적인 즐거움을 끌어내기 위해 결정을 남겨둔다. 그리고 이 즐거움은 아이러니다"(-Linda Hutcheon. op.cit, p.51에서 슈발리에(H.M.Chevalier)의 말을 재인용)

러스하고도 아이러니적인 '행동(the act)' 유예의 포즈 속에서 드러내고 있는 것이다.

04 | 결론

이상과 같이 본고에서는 조태일의 시를 대상으로 하여, 멜랑콜리한 주체의 실재적 대상들에 대한 애도와 그들과의 소통과정에서 드러나는 아이러니의 양상을 살펴보았다.

조태일 시의 시적 자아는 '방'으로 알레고리화된 공간 안에 누워 있는 우울증적 주체로 표상되면서, 자기 내부에 타자적 존재를 우울하게 안고 있는 이중적 주체의 모습으로 나타났다. 이로써 그는 남성적 단일주체로서의 전체성을 소유하려는 욕망으로 자기 내부의 타자성을 배제시킬 수밖에 없었는데, 자신의 결여와도 같은 타자성을 애도하고자 하지만 결국 실패로 돌아가게 된다. 이 과정에서 이중적 주체는 자신에 대한 부정과 회의의 다성적 목소리로서 드러나며, 이것이 언표로서는 많은 의문문을 통해 아이러니하게 공명하게 된다. 결국 자신의 우울증적 타자로부터의 속박은 결여와 한계로서 탈주에 대한 욕망을 일으키게 하는 원동력으로서의 아이러니한 의미를 산출했다. 또한 알레고리와 멜랑콜리의 상관성 속에서, 언어의 균열·중지·분열을 일으키는 알레고리가 주체의 멜랑콜리한 상태를 계속 유지시키거나 애도에 대한 유예 작업의 하나로 작용하기도 하였다. 즉, 멜랑콜리한 주체의 관점과 사유상의 어떤 도약과 반론이 펼쳐지는 구조 속에서 시적 광기와 혁명, 모호한 육체성은 강한 생명성('사랑')과 활동성을 띠면서, 멜랑콜리는 극복되어야 하는 것은커녕 진실한 삶을 살아가기 위한 성적 에너지가 될 수 있는 것으로 의미화되었다. 뿐만 아니라, '혁명'이라는 기표의 기의를 탈취당한, 그로 인해 '자유'와 '민주'와 같은 대상 상실로 슬퍼하는 멜랑콜리한 주체가 자신을 여성적 가면을 쓴 인물로 만들면서 그 숭고한 대상에 대해 애도하는 과정에서, 자신의 결여와 동시에 상징계 대타자 내의 결여와 욕망, 불완전성도 아이러니하게 표현할 수 있는 멜랑콜리한 주체의 긍정적인 결여였음을 의미화하고 있었다.

한편 조태일의 시는 자신 내부의 타자성 뿐만 아니라 외부에 존재하는 다른 사람들의 실재적 타자와도 대면하려 한다. 그 방법으로 제시되었던 것이 '삐딱하게 보기'였는데, 멜랑콜리한 주체가 타자의 실재성과 대면하는 간접적인 방식으로서 남성적 단일 주체에 의해서 이루어지는 것이었다. 때로는 전-오이디푸스적 주체로 등장하면서 타자에 대한 승화와 정체성 형성의 미완, 재현가능성과 그 불가능성이 아이러니하게 드러나는 지점을 살펴보기도 했었다. 때로 주체는 여성-타자에 대한 사디즘적 태도를 취하기도 하지만, 이 타자가 자신의 반영적 관계임이 인식되면서 오히려 자신의 타자성과 모순성을 더욱 더 확인하게 되는 결과를 얻기도 한다. 이러한 여성들은 주이상스의 초자아적 여성으로 등장하면서, 타자에게 위협적이기도 하지만 주체가 유머러스한 태도로 응대하면서 그러한 완전한 결합이나 만남을 유예시키고 있었다.

그러므로 조태일의 시에서 주체는 타자에 대한 애도의 불가피성과 불가능성을 아이러니를 통해 드러내고, 스스로 여성 타자의 가면으로 쓰기도 하는 등 그 애도의 방식과 언술에 있어서 타자들에 대한 일정한 거리를 유지하는 양상을 아이러니를 통해 발생시키고 있었으며, 자신의 언어에 대한 근본적 부정·지양을 통해 새로운 대항담론을 형성하려는 의지를 보이지만, 그것 자체의 무력함을 드러내게 되고 상징계 언어의 토대를 부정하는 등의 결과를 얻을 수밖에 없었다. 이것은 시인 자신의 의지박약이나 무기력함을 의미하는 것이 아니라, 실재와 그에 대한 상징화 사이의 해결 불가능한 간극이 존재하기 때문이며, 이러한 간극이 말한 것(상징)과 말하지 않은 것(실재적 중핵) 사이의 차연(디페랑스)으로 이해할 수 있는, 말하는 존재의 근본적 한계로 인식해야만 한다. 또한 이것이 멜랑콜리한 주체의 주체성과 아이러니에 연결되는 것이다. 그럼에도 불구하고 이러한 간극을 메우려는 강박적인 노력을 통해, 결과적으로는 자신의 멜랑콜리와 실패가 부정적이지만은 않은, 또 다른 창조와 도약의 발판이 되기도 한다는 것을 보여주는 아이러니한 시도이기도 하다.

제 3 부

전경인의 단상

| 최종천 |

노동은 도대체 어떤 것인가?

노동은 도대체 어떤 것인가?

최 종 천*

01 | 들어가는 말

우리의 형상을 따라 우리의 모양대로 사람을 만들고.

하나님이 그들에게 복을 주시며 그들에게 이르시되 생육하고 번
성하여 땅에 충만하라.

이 글을 통하여 하고자 하는 이야기는 우리 인간들이 어떻게 어
떤 경로를 거쳐서 이 자상에서 사리지게 되는가 하는 것이다. 우리
인간은 이 지구상에 구더기처럼 번식하다가 소멸할 존재이다. 내가
이런 글을 써야 하는 이유는 인간의 소멸이 노동에 대한 착취를 통
하여 진행되고 가능하기 때문이다. 내가 노동계급이기 때문이다.

---

* 시인

우리가 옛 성인들처럼 잡다한 일상에 부대끼지 않고 생각을 골똘하게 모을 수 있다면 우리는 나름 예민한 직관력을 가질 수가 있을 것이다. 인간이라는 종의 소멸에 대하여 말하고 있는 저술들은 의외로 많다.

어떤 물건이든지 부수기는 쉽지만 만들기는 어려운데 이 법칙 또한 이 우주의 퇴보를 의미한다고 생각된다. 열역학 제 2의 법칙이라는 것도 그 의미하는 바는 보편적인 우주 퇴화의 법칙이 아닌가? 생명이나 에너지를 달리 말하자면 질서이다. 엔트로피는 무질서의 축적을 의미하는 것이다. 생명이 왜 질서인가? 생명 있는 것들은 타자에 대하여 반응한다. 이 반응을 통하여 질서를 만들기 때문이다.

다윈의 진화론은 어떤가? 진화론에 의하면 진화는 무기물로부터 시작 되었다는 것이다.

나는 단박에 이 사실로부터 진화가 필연적으로 비 물질을 지향하리라고 직관 할 수가 있다. 현대물리학에 의하면 정신없이 물질이 나타날 수가 없고, 물질 없이 정신이 나타날 수가 없다. 그렇다면 물질이란 다름 아닌 생명인 것이다. 따라서 물질이 비 물질로 된다는 것은 생명이 사라진다는 것에 다름 아닐 것이다. 이 우주는 에너지를 계속 소모하면서 열역학적 평형상태를 향해 가고 있다는 것이다. 이 지구에 생명이 유지되고 있는 것은 태양의 뜨거움과 지구의 차가움 때문이다. 열역학적 비평형때문인 것이다.

앞에서 진화론은 얘기했는데 저 유명한 폴 데이비스는 「시간의 패러독스」에서 다음과 같이 말하고 있다.

그런데 기이한 우연의 일치로, 물리학자들 사이에서 죽어가는 우주라는 불길한 소식이 음울하게 퍼져나가던 같은 시기에, 찰스 다윈은 그의 유명한 저서 「종의 기원」을 발표했다. 그의 진화론은 사람들에게 우주의 열역학적 죽음의 예견보다 더 큰 충격을 주었지만, 다윈 저서의 핵심적인 메시지는 근본적으로 낙관적인 것이었다. 생물학적 진화 역시 자연에 시간의 화살을 부여했다. 그런데 그 화살은 열역학 제 2의 법칙과는 반대방향을 가리키고 있었다. 진화는 오르막 과정으로 생각되었던 것이다. 지구상의 생물은 원시적인 미생물의 형태로 출발했는데, 많은 시간이 흐르면서 그 최초의 생물은 놀라울 정도의 체계적인 복잡성을 가진 생물권으로 발전했다. 그리고 그 과정에서 수백만에 달하는 복잡한 구조를 가진 생물들이 그 생태학적 지위에 탁월하게 적용했다.

여기에서 다윈의 진화론이 시간에 화살을 부여했다는 것은, 진화가 원시적인 미생물의 형태로부터 복잡한 구조를 가진 생물로 진행한 것을 두고 하는 말이다. 정확하게 말하자면 진화는 미생물로부터 고차적이고 복잡한 생물로 진행할 수밖에 없게 되어있다. 이것이 진행방향이고 진행방향이 곧 화살표라는 의미이다.

그러나 위에서 데이비스가 말하는, 다윈의 진화론 메시지가 낙관적이라든가 진화의 방향의 화살이 열역학 제 2의 법칙과는 반대방향을 가리키고 있다고 하는 말은 그가 착각을 하고 있거나 혼동을 하고 있는 것이다. 왜냐하면 진화가 미생물로부터 시작하여 복잡한 구조를 한 인간에 이른 것은 곧 단순한 구조로부터 복잡한 구조를 향했다는 것이기 때문이다. 물질 자체의 물리적 구조상 복잡한 것은 고장을 일으키고 복잡성 즉 무질서를 출현시키기 마련인 것이다.

데이비스는 나아가 이렇게 말하고 있는데 이 또한 잘못된 말이다.

열역학 제 2의 법칙이 쇠락과 혼돈을 예견한데 비해, 생물학적 과정은 진보적인 경향을 띠었고 혼돈 속에서 질서를 생성해 냈다.

여기서 생물학적 과정은 물론 진화를 말한다. 앞의 인용문에서 그가 생태학적 지위에 탁월하게 적응했다고 하는 수 백만의 복잡한 생물은 바로 인간을 지시하고 있다고 생각된다. 그렇다면 뒤의 인용문에서 혼돈 속에서 질서를 생성해 냈다고 하는 것 역시 인간을 지시하는 것일 것이다. 인간이 자연계에서 질서를 생성한다는 말은 그에게서 처음 듣는다. 인간은 무질서를 생성할 뿐이다. 데이비스가 이 책을 쓰는 것부터가 무질서의 하나인 것이다. 그것이 무질서인 이유는 나무를 종이로 가공해야하기 때문이다. 이 지구상에 자연만 있고 인간이 없다면 열역학 제2의 법칙이 발생하지 않을 것이다. 자연은 완전한 생명 재생산 순환시스템이기 때문이다. 인간을 제외한 자연상태의 동물이나 식물 미생물 중에는 아무것도 인간처럼 자연을 죽이지는 않는다. 오로지 인간만이 자연을 죽여서 이용한다. 자연 상태에서 모든 물질은 생명이 있기 때문에 에너지가 다 빠지게 되면 즉시 썩어서 땅으로 흡수된다. 그것을 미생물이 먹고 식물을 기르고 식물은 광합성을 통하여 동물에게 최초로 에너지를 제공하는 것이다. 그러나 인간이 만든 모든 것은 그렇게 되지 않고 보존 관리 된다. 인간은 엔트로피적인 활동을 통하여 생명을 유지하는 존재인 것이다.

인간의 엔트로피적인 활동 중의 하나가 바로 노동이다. 확실한 것은 인간도 원시사회로 돌아간다면 열역학 제2의 법칙은 발생하지 않을 것이다. 왜냐하면 원시사회에서는 에너지의 소비가 자연에서의 에너지재생산을 넘지 않기 때문이다. 인간의 소멸은 노동에 대한 착취를 통하여 진행되는 것이다. 노동을 착취한다는 것은 자연으로부터의 에너지 재생산량을 상화하여 에너지를 소비하는 것을 의미한다. 이것이 내가 이 글을 써야하고 쓰게 된 동기이다.

우리 인간의 비 물질 노동은 물질을 비 물질화 하는 노동이다. 인간의 거의 모든 활동은 비물질 노동이다. 갈수록 비 물질 노동은 심화되고 그 양이 급속히 팽창할 것이다. 따라서 노동에 대한 착취도 심화될 수밖에는 없다.

비 물질 노동은 물질 노동과 마주 보고 있는 것으로, 물질 노동이 아닌, 물질 노동을 토대로 하여 가능한 모든 것이다. 그것은 자연에 대하여 ‘문화’ 인 것이다. 이 세상에는 물질 노동을 하는 노동 계급과 철학자나 과학자 예술가 문학가 종교인 등의 문화 계급이 있을 뿐이다. 그것이 다만 문화인 이유는 참된 실재가 아니기 때문이다. 문화의 무재한적 팽창은 인류라는 생물 종의 소멸을 전재로 한다. 내가 보기에 인간인 만든 것치고 아름다운 것은 없다. 인간에 의해 억지로 창궐하고 있는 문화는 우리 인간이 그만큼 불행하다는 반증이다. 불행은 인간 소멸의 전조라고 생각된다. 그러나 인간은 불행을 습관으로 만들고 불행이 만연되면 행복으로 착각하게 된다. 그러니까 내가 문재 삼고자 하는 것은 인간의 소멸보다는 지금 현재의 이 비참이다. 노동을 착취할수록 인간은 비참하게 되는 것이다.

우리 인간에게 절실한 것은 우리안의 참된 실재성을 회복하는 것이다. 우리가 실재성을 회복하지 못한다면 그 결과는 멸망뿐이다. 상당히 긴 이 글에서 나는 사물의 참된 실재성을 다음에는 비 물질 노동의 대표적인 것인 예술의 비 실재성을 탐구할 것이다. 다음에 노동의 실재성을 마지막으로 문화의 무재한 적인 팽창이 어떻게 하여 인간의 소멸을 결과하게 되는지를 지구생태계에 대한 분석을 통하여 탐구할 것이다.

사물의 실재성과 노동의 실재성, 예술의 비존재성과 문화의 무재한적인 증식은 서로 짝이 되는 글이지만 그 짝을 갈라서 엇갈리게 싣는 것은 글의 체계를 그렇게 하기로 한 것이다. 이글은 내가 성서의 창세기를 읽은 결과물임을 밝힌다. 내가 읽기에 성서의 창세기는 우리 안의 실재성, 참된 본성을 회복하라는 가르침이다. 지식인이며 허구에 종사하고 여러분들에게는 당혹스럽게도 그것은 바로 노동이다. 모든 것을 우리의 몸으로 하는 원시노동사회에서는 놀이와 노동이 분리되지 않는다.

02 | 사물의 實在性이란 무엇인가?–예술의 비 존재성과 노동의 실재성

1.

화이트헤드의 세 가지 저작인 이성의 기능, 상징작용 그 의미와 효과. 그리고 과정과 실재를 읽으면서 생각하게 되는 것은 지금까지 철학이 알고자 탐구 한 대상이 곧 실재라 하는 것으로 참 됨은 무엇인가 하는 것이다. 참 된 것에 대한 탐구라면 플라톤을 우선 들어야 할 것이다. 내가 읽기에 그의 국가의 대 부분은 참됨의 탐구에 바치고 있다. 그러나 나는 화이트헤드의 상징작용 그 의미와 효과의 다음 대목에서 실재에 대한 생각이 떠올랐다.

상징작용과 직접적 지식 사이에는 하나의 커다란 차이점이 있다.
직접적 경험에는 오류가 있을 수 없다. 우리가 경험 한 것은 우리
가 경험 한 것이다. 그러나 상징작용은 오류를 범하기가 매우 쉽다.
즉 상징작용은 그것이 우리로 하여금 가정하도록 인도하는 사물들
이 이 세계에는 실재하지 않는 단순한 관념들인데도 불구하고 그
사물들에 관하여 행동과 감정과 신념들을 일으킬 수 있다는 의미에
서 오류를 범하기가 매우 쉬운 것이다.

이 대목의 의미는 과정과 실재에서 잘 못 놓여진 구체성의 오류
라는 표현으로 다시 확장된다. 그는 다음과 같이 지적하고 있다.

인간의 오류도 꼭 같이 상징작용으로부터 파생한다. 인간성이 의존
하고 있는 상징들을 이해하고 또한 정화하는 것이 이성의 과제이다.

『상징작용 그 의미와 효과 : 상징작용의 오류』

나는 그의 다른 저작인 이성의 기능에서 이 사상이 섬세하게 전
개 될 것으로 기대 했으나 막상 이성의 기능에는 상당히 다른 사상
이 전개 되어있는 것으로 읽었다.

상징작용 그 의미와 효과를 읽으면서 생각하게 되는 것이, 우리
가 사유한다고 할 때 그 밑 바닥에는 모름지기 이 실재, 즉 참됨이
란 무엇인가라는 생각이 깔려 있다는 것이다. 지금까지의 철학적
탐구가 이 참됨의 의미를 알려고 한 것이라면 나에게는 하나의 거
대한 의문이 고개를 쳐든다. 그것은 그들이 왜 자연을 보지 않았는
가 하는 것이다. 자연과 함께 인간의 노동도 필수적인 탐구의 대상

이다. 철학자들이 자연으로부터 참됨의 의미를 밝혀내고자 했다면 철학은 보다 단순해지고 명쾌해 졌을 것이다.

플라톤의 소피스테스에는 다음과 같은 대목이 나온다.

> 어떤 힘(능력, dynamis)을 지닌 것, 그게 본성상 다른 어떤 것에 작용을 미치는(poiein) 것이건, 매우 하찮은 것에 의해 몹시 적게 단 한번 만이라도 겪는(pathein) 것이건, 이런 것을 다 나는 참으로 있(…이)다 고 주장하네. 왜냐하면 나는 '있는(…인) 것들'을 규정하는 징표(horos)를 '힘' 이외의 다른 어떤 것이 아니라고 놓고 있으니까 말일세.
>
> 『소피스테스』 247d-e

번역자는 이에 대하여 다음과 같이 설명하고 있다.

> 플라톤은 그것이 물질적인 것이든 비물질적인 것이든 간에, 존재하는 것들에 공통되게 본래 있는 것은 힘(능력)이며, 이 힘은 능동적으로 '작용하는 쪽'의 것일 수도 있고 수동적으로 '겪는 쪽'의 것일 수도 있으며, 이 힘이야 말로 있는 것을 있다고 말할 수 있게 하는 징표라고 말하고 있는 것이다.
>
> 김태경, 『소피스테스, 플라톤 철학에서의 변증술과 비존재』

여기에서 힘은 우선 관계의 개념으로 이해된다. 저 혼자서 운동하는 사물을 상상할 수 없기 때문이다. 힘은 어떤 사물이 다른 사물과의 관계 속에서 존재하게 하는 관계의 원천이다. 고로, 사물이 지니는 실재성과 관련하여 생명력이란 어떤 내용의 것인지를 먼저 생각해 보자.

왜냐하면 사물의 실재성이란 그 생명력에서 비롯하는 것이기 때문이다.

사물의 생명력을 밝혀냄에 있어서는 우리는, 우리의 인식에 분명하게 생명이 있다고 판단되는 동물이나 식물보다는 생명이 없다고 판단되는 무생물이나 하나의 무기체를 통하여 고찰하는 것이 생명체를 통하여 고찰하는 것 보다 더 적극적이고 용이하게 우리의 사유를 진척시킬 수 있을 것이다. 고로 하나의 돌이 지니고 있는 생명력에 대하여 먼저 생각해 보고자 한다.

우리는 흔히 돌을 무생물로 취급하고 있는데 돌이라면 산과 들에 그 수많은 돌보다 우선 인간이 만들어 내는 벽돌을 생각할 수가 있다. 산과 들의 돌을 재처 놓고 벽돌을 우선 돌로 들 수 있는 이유는 벽돌이 산과 들의 돌보다 인간과 더 가깝게 있기 때문이다. 인간과 가깝다는 것은 벽돌이 인간의 생활에 구체적으로 개입하고 있으며 사용되고 있기 때문이다. 다시 말하자면 벽돌은 인간에게 수동적으로 자신의 생명력을 가지고 관계하고 있는 것이다.

플라톤의 말대로는 수동적으로 겪는 쪽의 것이다.

벽돌이 생성해 내는, 벽돌과 사물과의, 벽돌과 인간과의 관계, 이것이 벽돌이 생명력이며 이 관계들로 벽돌의 '존재'는 구성되어 있는 것이다. 벽돌 그 자체는 무생물이라고 할 수가 있다. 그러나 인간은 벽돌을 필요로 하고 그 필요는 관계를 만든다. 이렇게 하여 벽돌의 생명력이 생기는 것이다.

2.

몸이란 우선 완성된 것이다. 자연을 실체이며 실재하고 있다고 할 수 있는 근거도 자연이 완성 된 몸을 가진 것들이기 때문이다. 플라톤이 물질적인 것이든 비물질적인 것이든 간에 존재하는 것들에 공통되게 본래 있는 것은 힘 이며, 이 힘은 능동적으로 작용하는 쪽의 것일 수도 있고 수동적으로 겪는 쪽의 것일 수도 있으며, 이 힘이야말로 있는 것들을 있다. 라고 말할 수 있게 하는 징표라고 할 때 힘은 몸이 있기 때문에 가능한 것이다. 몸이 없다면 힘도 관계도 없을 것이다. 그런데 몸과 몸이 만나 내어 놓는 것도 몸이어야 한다. 몸이야 말로 관계로 이루어 진 것이며, 관계를 현시하고 실행한다.

자연에 있어서는 몸과 몸이 만나 내어 놓고 있는 것들도 모두 몸으로 되어있는 것들이다. 그러므로 우리는 자연을 두고는 그것이 참된 것인지 거짓의 것인지를 생각할 필요가 없다. 그것이 참된 것이 되려면 몸이 있어야 한다.

파이돈에 나타난 형상이론을 살펴보자.

> 있는 것들을 우리의 주관과 관련지으면 두 가지로 나타난다. 하나는 가시적이요 감각에 의해 지각할 수 있는 것이지만, 다른 하나는 보이지 않는, 지성에 의해 알 수 있는 것이겠는데, 이는 인간들의 본성에 대응하는 것들로서 하는 말이다.

가시적이며 감각에 의해 지각할 수 있다고 하는 것은 이미 말한 자연으로서 몸을 가지고 있는 것들이다. 문제는 다른 하나, 즉 인간들의 본성에 대응하는 것이다. 위의 문장에서 보이지 않는, 이라고 하는 것은 그것들이 몸이 있으나 그 몸이 보이지 않는다는 의미로 생각 되는 것이다. 보이지 않는 이유는 완성되지 못하기 때문이다. 그런데 플라톤은 보이지 않는 것에 대하여 다음과 같이 말하고 있다. "뒤엣 것이야 말로 언제나 똑 같은 방식으로 한결같은 상태로 있는 것이며, 한 가지 모습으로 있는 것이다. 이것을 형상 또는 이데 아라고 한다." 『파이돈』

그러니까 플라톤의 이데아는 내가 말하는 완성되지 못하는 몸과 는 다르지만 그러나 완성되지 못하는 몸은 플라톤의 이데아란 무엇 인가에 대한 실마리를 제공한다고 생각되는 것이다. 뭐냐 하면 하나 의 침대가 있다. 이 침대에는 지금 보고 만질 수 있고 잠을 자는 실 제의 침대에 대응하는 침대의 이데아가 있다는 것이다.

그것을 나는 이렇게 생각한다. 하나의 침대는 잠을 자기에 부족 하지 않으면 된다. 그러나 침대 전체를 금으로 만든다거나 그 외 지나치게 값이 나가는 질료로 침대를 만드는 경우 그 침대는 잠을 자는 데에 쓰이지 않고 다른 용도에 예를 들자면 박물관에 전시 되 거나 그냥 놓고 보는 일종의 예술적 조각품으로 취급 받는 경우에 손상되는 것이 그 침대의 이데아라고 말이다. 이 때 전시되거나 예 술작품의 취급을 받는 침대는 환영과 환상을 인간에게 제공한다. 그 침대는 침대의 복사본인 것이다.

이것에 대하여 나는 달리 생각하고 있다. 플라톤이 말하는 것은 어쩌면 진리와는 관계가 없을 수도 있다. 여기 베어링이 있다. 이 베어링은 완벽한 구체가 아니다. 현재의 베어링 제작기술로는 완벽 한 구체를 만들기가 불가능하다고 한다. 또, 완벽한 구체를 만들 필요가 있는지도 의문스럽다. 그런데 완벽한 구체는 이론적으로만 가능하다. 이 이론적인 베어링이 플라톤이 말하는 베어링의 이데아 로 생각된다.

하나의 침대가 있다. 침대는 잠을 자는데 필요한 것이다. 잠을 자는데 필요조건만을 갖추면 침대이다, 그것은 가장 이상적인 침대이다. 플라톤이 언제나 똑 같은 방식으로 한결 같은 모습으로 있다고 할 수 있는 근거는 그것이 다만 인간의 이성에 반영된 이론이기 때문에 가능한 것이다. 이론이 아니고 몸이 있고 운동을 하는 힘이 있다면 한결 같은 모습일 수는 없게 된다. 이런 플라톤의 주장을 앞의 힘에 대입해 생각해 보면 그것이 다만 이론이기 때문에 힘을 가해도 변화가 없는 한결 같은 모습인 것이다. 그 외의 다른 것을 생각해 볼 수가 없다. 그러나 이론은 몸이 아니다. 몸이 없는 것은 참된 것이 아니라고 했다. 어떤 것이 다만 이론으로만 존재한다면 그것은 인간에게 소용되지 않는다. 뿐만 아니라 사물들끼리의 어떤 실질적인 관계창출은 불가능하다. 플라톤이 형상, 이데아로 내세우는 것은 자신의 힘에 관한 이론과 이렇게 맞선다.

이것에 대하여 나의 다른 생각은 이런 것이다. 앞서 플라톤이 인간들의 본성(physis)에 대응하는 것들이라고 하는 것은 차라리 이성에 반영 된 이론보다는 인간의 관념에 대응하는 것들일 때 이 문제가 잘 풀리며 이치에 맞게 된다. 인간의 관념에 대응한다는 것은 인간의 관념으로부터 나온다는 것으로 이해되어야 한다. 왜냐 하면 어떤 사물이든지 간에 인간의 관념에 대응하지 않는 것은 없기 때문이다.

여기에서 우리는 화이트헤드가 설파하는 상징이론을 대입해야 한다.

인간의 마음은, 그 경험의 어떤 구성요소가 다른 구성요소에 관

한 의식, 믿음 정서 및 용도 등을 이끌어낼 경우에는 상징적으로
기능하고 있는 것이다.

『상징작용 그 의미와 효과 : 상징작용의 정의』

남자가 여성에게 사랑을 고백하는 경우에 그 사랑은 몸이 없는
것으로 인간의 본성에 대응하는 것들인 하나의 관념적 상징이다.
그러나 이 말을 받는 여성은 사랑이 실재하고 있는 것처럼 믿게 된
다. 그래서 이 남녀의 사랑 고백행위는 오류를 낳게 된다. 사랑은
추상명사로서 그것에는 몸이 없다. 그러나 두 남녀는 사랑의 몸을,
서로 사랑하면서 만들고 있는 것이다. 두 남녀가 사랑하는 것의 총
체가 몸이 없는 관념으로서 사랑의 몸이 되는 것이다. 그러나 이
두 남녀가 만들고 있는 사랑의 몸은 보여 지지는 않는다. 그 몸은
완성된 것이 아니기 때문이다. 플라톤이 인간들의 본성에 대응한다
고 하는 모든 것들은 인간이 그 실천 행위를 통하여 실체로 할 수
가 있기는 하지만 결코 그 실체를 몸으로 완성하지는 못한다. 때문
에 상징을 필요로 한다. 남자가 사랑하는 처녀에게 사랑한다는 징
표로 바치는 꽃 등의 상징물은 사랑이 몸으로 될 수가 없는 것에
대한, 그 사랑을 몸으로 만들어서 보이고 싶은 간절한 욕망의 무의
식적인 표현이다.

그들의 사랑의 행위는 사랑이라는 관념들로부터 나오는 힘이 있
기에 가능하다. 따라서 그 행위 자체는 가시적이요 우리들 감각에
의해 지각할 수 있는 것이다. 그런 의미에서 그 행위를 몸, 실체로
볼 수가 있다. 따라서 인간의 본성에 대응하는 것들, 즉 관념들도
하나의 사물로서 기능하게 되는 것이다. 플라톤이 말하는 지성에

의하여 알 수가 있다고 하는 것은 인간 본성에 대응하는 것들 즉 우리의 관념으로부터 추상되는 거의 모든 것들이다. 화이트 헤드가 이 세계에 실재하지 않는 단순한 관념들인데도 불구하고 그 사물들에 관하여 행동과 관념과 정서 및 신념들을 일으킬 수 있다는 점에서 오류라고 지적하는 것과 플라톤이 보이지 않는 것들로 인간의 지성에 의해 파악되며 인간의 본성에 대응하는 것들이라고 하는 것은 거의 동일한 것이다. 이렇게 이해 할 때만이 플라톤과 화이트헤드가 말하는 것이 풀린다.

3.

여기에서 우리는 사물의 실재성이 무엇인지를 확연하게 알 수가 있다.

사물의 실재성이란 우선 그 사물이 스스로를 나타내 보이며 타자와의 관계를 열어가는 것으로, 그것을 생명력이라고 할 수 있을 것이다. 모든 사물은 타자와의 관계를 맺고 있는 한에 서만 "존재" 한다. 라거나 "있다"고 할 수가 있는 것이다. 그리고 관계는 항상 생성되고 지속하는 것이다. 모든 사물은 생명력을 지님으로써 타자와 관계를 가질 수가 있다. 이 생명력이란 생명 그 자체와는 질적으로 다른 것이라고 보아야 하는데, 앞에서 생명이 있는 생물보다 없다고 판단되는 돌을 예로 들어 설명한 것이 그 까닭이다.

그러나 무릇 생명이 있는 것은 그 생명을 스스로 표현하고 있을 것이다. 그러나 스스로는 생명을 지니고 있지 못함에도 타자와의 지속적인 관계를 생성하고 있는 것이 앞에서 예로든 무기체이다.

우리가 사물의 실재성을 가져 올수 있는 근거는 어디까지나 자연사물로부터이다. 자연은 그 자체가 실체(實體)이자 실재(實在)이기 때문이요 본래부터 있는 것이요 스스로 그러한 것이다. 나무나 돌, 흙과 물, 바람 등등의 낱낱의 사물은, 즉 실체이며 흙에서 새싹이 움트고 자라며 그것을 동물이 먹고 생장하는 자연의 법칙은 실재인 것이다. 창세기에 기록된 바 하느님이 창조하신 것은 그럴듯한 것, 즉 비실재가 아니라 그러한 것, 즉 실재인 것이며 이것이 창세기를 올바르게 이해하는 핵심이다. 이 진리를 창세기는 '보기에 좋았다.' 하느님의 태도와 대립되는 이브의 상징화, '보기에 탐스럽고 따 먹으면 자신을 영리하게 만들어 줄 것 같은.' 인간의 그럴 듯한 상상으로 기록하고 있는 것이다.

이는 생명의 기원에 대하여 간단하게 생각해 보아도 충분하다. 현대 물리학은 모든 물질은 정신없이는 나타날 수 없다고 하고 있거니와, 동물이나 식물의 몸을 분석해 보면 무생물의 그것과 완전히 똑 같은 원소로 이루어 져 있다는 것을 알 수가 있다고 한다. 이 원소들은 지금의 유성 지구가 나타나기 이전부터 존재했고, 태양이나 그 밖의 생명과 전혀 관계가 없는 다른 별에도 있는 것이라고 한다. 생명은 그러한 무기체 물질로부터 서서히 모습을 나타내기 시작하여 진화해 온 것이다. 이것은 모든 물질이 정신을 지니고 있다는 것을 의미한다. 우리의 일반적인 인식으로는 생명이 있다고 보기 불가능한 물질로부터 생명이 시작되었다는 것은 모든 물질들이 생명력을 가지고 있다고 하는 근거인 것이다. 자연 진화야 말로 사물들이 관계를 통하여 내어 놓은 실재였던 것이다. 자연의 진화는 인간에서 일단의 매듭이 지어졌다고 할 수 있을 것이다.

　　물질의 생명력은 타자와 관계를 생성하면서도 자기의 고유성을 잃지 않는 것으로, 타자와의 관계를 생성하는 과정에서 자신을 잃어버리거나 변화하는 인간의 그것과 다르다. 바로 이런 사정으로 말미암아 사물은 인간에 비하여 실재인 것이다. 인간이 지닌 생명력은 어떤 경우에 죽음의 힘으로 작용할 수가 있는 것이다. 그 이유는 물론 인간이 지니고 있는 사물과는 다른 차원의 정신 때문이다.

4.

　　앞에서 우리는 인간의 목적은 모두 몸이 없는 것으로 우리의 관념으로부터 표상된다는 것을 확인하였다. 바로 그렇기 때문에 인간은 자신의 목적을 알고 있다고 할지라도 그 목적을 직접 이룰 수 있는 것이 아니라 수단과 방법을 행위 할 수 있을 뿐이다. 다시 말하자면 사랑이라는 목적으로 하는 모든 행위는 사랑을 위한 하나의 방법일 뿐이고 동시에 없는 사랑의 몸을 만드는 행위이다. 그러나 사랑의 몸은 완성되지 않는 것이다. 고로 그 모든 방법은 하나의 과정에 수렴될 수 있을 뿐인 것이다. "세계는 일어나는 모든 것의 총체이다; 세계는 사실들의 총체이지, 사물들의 총체가 아니다"(논리철학 논고-비트겐슈타인) 고로 수단과 방법이 목적에 부합하여 옳게 수행되어야 하는 것이다. 수단과 방법의 수행은 실체로서 과정을 이룬다. 인간은 목적을 실재로 이루어야 하며 비실재로 이루어서는 안 된다. 그것이 사랑이든 행복이든, 그 밖의 인간의 관념으로부터 나오는 어떤 것이건 간에 인간의 여러 목적도 사물이라고 할 수가 있다. 그 이유는 물론 인간이 목적을 행위 할 때, 그 행위를 통하여 관념에 몸을 만들어 주는 것이 되기 때문이다. 반복하지만 그러나 그 모든 행위는 실체이지 실재는 아닌 것이다. 그러므로 사물의 실재성이란 어디까지나 인간의 입장에서 궁구되는 것이지 사물들의 입장에서는 생각할 필요가 없을 것이다. 왜냐하면 실재란 진리의 유일한 처소이며, 사물의 실재성을 따져야만 하는 존재란 인간 외에는 없기 때문이다. 그 이유는 인간이 그저 사고할 줄 안다는 의미를 넘어선다. 인간은 사물이 널려 있다고 해도의 사물들이 인간과의 관계를 생성해 내지 않는다면 존재 불가능하다. 이것이 비트겐슈타인이 세계는 사실들의 총체이지 사물들의 총체가 아니라고 한 이유이다. 사물이 인간 존재의 기반이며 동시에 근거인 것도 사물의 실재성 때문이다. 사물의 정신과 다른 차원의 인간의 정신은 사물을 대상화 하는 능력으로, 그 자체는 허구와 상징으로서 스스로 비실재적인 면을 지니고 있는 존재이다. 인간은 그러니까 그 자신 비실재적 존재가 될 수 있다는 것이며, 실재하는 사물을 비실재화 할 수 있다는 것이 그 이유이다.

벽돌과 인간 사이에는 많은 약속이 있다. 벽돌은 타인을 해할 목적으로 사람에게 던져서는 안 된다. 집이나 성을 쌓고자 하는 경우 벽돌을 치밀하고 견고하게 쌓는 기술은 벽돌과의 약속이다. 인간의 삶 속에서 인간과 사물과의 관계는 인간과 인간의 관계보다 우선한다. 기술이라고 하는 것은 인간이 어떠한 목적에 사물을 동원하기 위하여 그 사물의 생리를 알아 이용하는 것을 말한다. 우리는 돌을 이용할 어떠한 목적에 물로 돌을 대신하여 사용할 수는 없다. 그러니까 기술이란 그 사물의 생리 내에서 이루어지는 것으로, 사물의 특성으로서의 생리가 곧 기술을 낳고 제약한다.

　이러한 사물들의 고유성은 인간이 자신의 감정이나 목적에 따라 마음대로 할 수가 없는 사물들의 실재성이다. 돌이라는 재료는 이미 인간의 목적까지도 정해 놓고 있는 것이다. 이것이 앞에서 돌을 예로 들어 능동적이라고 표현한 이유이다. 이렇게 사물과 사물들 사이에서 생성되어지는 것을 나는 사물의 실재성이라고 생각한다.

　앞에서 생명력을 지니지 않은 것이 있다고 했는데, 그것은 인간의 관념으로부터 나오는 거의 모든 것이다. 거의 모든 것이라고 한정하여 말할 수밖에 없는 이유는 그 중의 몇 가지는 분명하게 그 생명력을 인간에게 행사하고 있기 때문이다. 실재(實在)를 논함에 있어서 같이 생각해 보아야 하는 것은 실체(實體)이다. 실체라 함은 질료에 형상을 부여한 것으로 곧 몸을 가리킨다. 사물이라 함도 우선은 몸을 지닌 것을 두고 하는 표현이지만 그러나 사물이라는 표현은 몸을 지니지 않은 것에도 적용시킬 수가 있는데 그 근거가 바로 그 실재성 때문인 것이다. 예를 들어 인간의 도덕적인 감정은 일정한 율을 형성하고 있으며 우리가 올바르게 행동하는 거의 모든 경우에는 이 감정의 영향을 받는다. 이때 인간의 실천적 행위가 자연 사물에 해당하는 '몸', 즉, 실체인 것이다.

　그러므로 도덕은 몸을 지니고 있는 사물처럼 우리가 이용하고 있다고 보아야 할 것이고, 우리가 행위 하는 바의 방법적 실체가 목적과 일치하면, 이것이 도덕적 관념의 실재성이다. 그것이 어떤 경우든 간에 실재가 되기 위해서는 실체가 있어야 한다. 따라서 실체(實體)와 실재(實在)는 다른 것이다. 이 경우의 실재성이란 어디까지나 가지적 대상이다. 이 가지적(可知的) 대상은 예컨대, 어떠한 물리적 현상과는 다른 것이다. 여기 표면을 굴러 내리는 물체가 있다.

그 물체가 굴러 내리는 현상은 실체로서, 직접 관찰할 수 있는 감각적 대상이다. 그러나 물체가 구르는 물리적 원리는 가지적인 대상이다. 이것이 앞의 도덕의 경우와 다른 것은 이 경우의 물리적 원리는 고정불변이다. 물체가 굴러 내리도록 하는 물리적 조건에서 물체는 굴러 내리는 것이다. 굴러 내리는 현실세계는 실체이자 실재이며 그것이 실재인가 비실재인가를 따질 필요가 없는 것이다. 다시 말하자면 언제나 실재한다.

그러나 도덕적 감정의 경우, 인간의 행위는 실체로서, 물체가 굴러 내리는 것과 같은 현실세계이긴 하나, 인간은 행위를 얼마든지 조작하여 거짓으로 할 수가 있고, 그러한 경우에는 실재가 아닌 비실재가 되는 경우가 있다. 이런 논의의 연장선에서 예술이 어떤 것인가를 생각해 보자

03 | 예술의 비 존재성

앞의 두 경우와 다른 것이 있는데 예술이 바로 그것이다. 예술이라는 환상적인 성취에 대하여. 우리가 미처 깨닫지 못하고 있는 사실은, 예술은 인간이 대신하여 그 생명력을 표현하여 줄 때에만 인간과 관계를 가지게 된다는 사실이다. 인간이 공연이나 전시 감상 등의 행위를 통하여, 예술이라고 하는 관념을 허구의 실체로 만드는, 이 현실세계는 도덕적 감정에 의한 행위의 경우와는 다르게 언제나 어느 경우에나 비실재적일 수밖에 없다. 사물의 실재성을 비실재에 대한 상대개념으로 한정할 수 없는 이유가 이것이다. 예술

이 어떤 경우에도 비실재적으로 될 수밖에 없는 이유는 그 수단과 목적이 분리 되어 있기 때문이다. 그 자체의 실체도 분리되어있다. 모든 예술이 똑같지만, 가장 두드러지는 음악을 예로 들어 생각하자면, 모차르트가 상상하는 곡과 그 곡이 악보로 기입된 것, 악보를 보고 연주 하는 것 그 연주에 관중이 참여하는 것은 각각 따로 분리되어있다. 음악도 인간의 관념에서 나오는 것인 바, 그것이 실재가 되려면 반드시 실체가 있어야한다. 그런데 우리는 그 어느 한 과정인 악보나 연주, 음반을 두고 음악이라고, 혹은 음악의 실체라고 하기가 어렵다. 따로 분리되어있는 각 과정이 동시에 수행되어야 우리는 그것을 음악의 실체 즉, 몸으로 볼 수가 있을 것이다.

이렇게 예술의 제작과정에 분리된 것을 실체로 보고 이것을 예컨대 하나의 다리와 비교해 보면 그 다름을 알 수가 있다. 우리가 생활 속에서 늘 건너야 하는 다리는 그 제작의 수단과 목적이 다리에 직접 체현되어있다. 다리는 어떤 일정한 질료에 '다리'라는 형상을 부여한 것이다. 그 진료들에 다리라는 형상이 부여되어 다리가 완공되면, 다리의 실재성은 질료가 관계 맺는 방식에 따라 그 다리가 지니고 있게 된다. 다리라는 형상과 다리를 이루고 있는 질료와의 구별이 없는 것이다. 하지만 음악은 악보에도, 작곡자의 상상 속에도, 음반에도 없다. 악보와 음반, 다리는 제작과정상 같은 결과물이다. 악보는 연주가 되기까지 몇 개의 과정을 거쳐야 한다. 악보를 보고 연주할 때 듣는 음악과 악보는 전혀 다른 것이며, 이유는 수단과 목적이 음악에 직접 체현되어있지 않기 때문이다. 모든 허구는 이와 같다.

다리는 건너지 않더라도 다리이다. 즉 지속하고 있는 것이다. 그러나 음반에 귀를 대 보아도 음악을 들을 수는 없다. 또 다른 수단을 강구해야만 음악을 들을 수가 있다. 이 수단과 방법을 강구하는 과정에서 인간은 수고를 해야 한다. 변하는 것은 사물이 아니라 인간이다. 인간은 사물로서의 자신의 고유성을 박탈당하고 허구화 비실재화 되어버린다.

음악을 공연하는 것은 인간이 음악의 생명력을 연기 연출하는 것이며 거기에는 인간의 수고가 지불되어야 하는 것이다. 예술은 인간이, 절대적 실체이며 실재인 자연을 부인하는 데서 근거를 얻고 있는 것이다. 자연의 음악을 듣기 위해서 인간은 어떠한 수고도 할 필요가 없다. 다리는 완공 되면 시간과 공간 속에 관계를 지속적으로 창출한다. 그러나 음악은 인간이 수고를 지불해 가며 연기하는 그 순간만 나타났다 사라진다. 더구나 사물과의 관계의 창출을 생각하면 그 비실재성은 명확해 진다. 실제로 음악은 아무나 제대로 감상할 수 있는 대상이 아니다. 상당한 연구와 숙달이 있어야 한다. 적극적인 상상력이 필요하다. 소극적으로 그냥 음악을 듣는다면 아무런 관계도 창출되지 아니한다. 음악을 듣는 목적은 들에 나가 자연의 소리를 듣는 그것과 크게 다르지 않다. 음악은 그만큼 적극적으로 들어야 기쁨이나 위로 등의 관계를 창출할 수가 있지만 자연의 소리는 고심하여 듣지 않아도 그만큼의 효과를 얻을 수가 있는 것이다. 나아가 예술은 목적과 방법이 분리 되어있음으로 소유의 대상이 되어버렸다. 그것은 예술의 숙명이다. 예술이 이처럼 존재하거나 "있다"고도 할 수 없는 것이기 때문에 예술을 소유하는 데 우리는 엄청난 비용과 수고를 지불하고 있다. 음악의 경우 음악을 듣는 수단에 의해 목적으로서의 음악은 이미 생명을 잃어버린지 오래이다. 수단이 음악을 좌지우지하는 것이다. 예술은 생명을 키우는 것이 아니라 저지하고 있는 것이다. 예술은 반 생명력이며 비실재적인 것이다.

이상에서 살펴보았듯이 예술은 본질적으로 유한한 것이다. 예술은 지속되지 않으며 단속적이다. 예술은 시간적으로도 공간적으로도 유한한 것이다. 그것은 순간 나타나는 객관적 실체이다. 앞에서 다리와 음악을 들어 말했지만 예술은 완성이 없다. 시행착오로 시종일관하는 것이다. 때문에 예술은 하이데거가 말한 것처럼 진리를 표현하는 것도 아니고 다만 우리는 그것으로 즐길 수 있을 뿐이다. 인간이 예술이라는 관념을 가지고 무엇인가를 연기할 때에 도대체 인간이 예술을 즐기는 것인가? 아니면 예술이 인간을 즐기는 것인가? 인간이 예술의 주체라고 감히 말할 수 있겠는가!

내가 보기에는 플라톤의 이데아론은 여기서 발원한다. 플라톤이 인간의 본성에 대응하는 것들이 바로 예술인 것이다. 플라톤은 국가에서 시인을 추방했다. 여기서 우리는 들뢰즈의 플라톤주의 뒤집기를 읽어야 할 필요가 있다.

04 | 노동은 형벌인가?–들뢰즈의 플라톤주의 뒤집기

창세기의 다음 구절에 대한 이해는 이마에 흐르는 땀을 노동으로 그 노동을 타락에 대한 형벌이라고 되어있다.

너는 죽도록 고생을 해야 먹고 살리라, 들에서 나는 곡식을 먹어

야 할 터인데 땅은 가시덤불과 엉컹퀴를 내리라. 너는,
흙에서 난 몸이니
흙으로 돌아가기까지
이마에 땀을 흘려야 낱알을 먹으리라
너는 먼지이니 먼지로 돌아가리라.

창세 3장, 18-19

문맥 내에서 이 구절을 이해하자면 노동은 땅을 대상으로 하는 노동이다. 흙으로 돌아간다고 하는 표현 속에는 너희가 너희 노동의 대상인 흙을 벗어났다가 죽어서야 다시 돌아 갈 것이라는 암시가 깔려 있다. 흙은 우주를 구성하는 요소가운데 가장 중요한 물질이다. 이렇게 생각하면 성서의 이 구절은 벌써 현대인의 비 물질노동을 경고하고 있다고 할 수가 있을 것이다. 하느님이 인간을 바로 그 흙으로 창조하셨다는 것은, 흙이라는 질료에 인간이라는 하느님을 닮은 형상을 더한 것이라는 것이 될 것이다. 그렇다면 더욱이나 인간은 흙을 대상으로 하는 노동을 벗어나서는 안 된다는 전제도 있다고 보아진다.

성서는 다음에 나오는 카인과 아벨의 이야기를 통하여 앞에서 말 한 의미를 더욱 확장한다. 아벨은 양을 치는 목자였고 카인은 밭을 가는 농부가 되었다.

카인은 아우 아벨을 들로 가자고 꾀어 들에 데리고 나가서 달려들어 아벨을 쳐 죽였다.

카인이 아벨을 죽이고 싶은 유혹을 실천한 것은 밭을 가는 도구인 농기구가 있었기 때문일 것이다. 밭을 가는 농기구로 아벨을 죽일 수가 있었던 것이다. 카인이 노동하는 도구를 이용하여 아벨을

죽인 것은 노동에 대한 소외, 외면을 의미한다. 그런데 아벨이 양을 치자면 카인이 가는 밭을 필요로 한다. 카인이 가는 밭에서 양을 치게 되면 밭은 더욱 기름지고 더 많은 소출을 낼 것이다. 그것은 밭을 가는 카인의 수고로움을 덜어 줄 것이다. 그러한 아벨을 카인은 죽인 것이다. 그리하여 땅은 가시덤불과 엉겅퀴를 내게 되었고, 이마에 땀을 흘려야 낟알을 얻어먹게 된 것이다. 가시덤불과 엉겅퀴는 현대의 환경파괴와 오염 공해를 함축하고 있다.

그런데 카인에 의한 아벨의 살해는 신약의 예수를 십자가에 처형하는 것과 정확하게 대응하고 있다. 예수가 초식동물의 먹이 통인 구유에 놓여 있었다는 것은 바로 그러한 것들을 의미하고 있는 것이다. 식물은 지구 생태계에서 최초의 에너지 생산자이다. 모든 동물들과 곤충들의 먹이가 된다. 식물이 광합성을 통하여 에너지를 먹기 가능한 상태로 만들기 때문에 초식동물은 식물을 먹고 육식동물의 먹이가 되는 것이다. 예수는 그러한 희생의 삶을 살게 되리라는 의미인 것이다. 예수는 식물과 같이 희생양인 것이다. 예수의 식물성 이미지는 아벨의 그것과 일치하는 것이다.

창세기는 인간의 노동에 대한 소외와 외면이 현대철학에서 들뢰즈가 심오하게 탐구하고 있는 미학적 실존과 연계되어 있음을 알리고 있다. 하와가 금단의 열매를 보고 하는 상상, "그 나무를 쳐다보니 과연 먹음직하고 보기에 탐스러울뿐더러 사람을 영리하게 해 줄 것 같은" 상상은 그럴듯한 것이다. 그럴듯함 그 자체가 미학적이다. 인간은 끝까지 리얼함을 추구할 것이다. 그럴듯한 것은 그러한 것과는 다르게 거짓된 것이다. 동시에 하와의 이 상상은 곧 대상화를 의미한다. 하느님의 노동의 결과물, 창조물인 피조물들은 하와에게는 하나의 수단으로서 대상인 것이다. 여기서부터 이미 노동에 대한 소외, 노동으로부터 도망치기, 미학적 실존으로의 도피가 시작되고 있는 것이다.

하느님이 스스로 창조를 이루신 그 노동을 인간에게 형벌로 할 수가 없는 것이다. 앞뒤의 문맥과 사건들을 통하여 그 구절을 이해하게 되면 노동이 형벌이 아니라 인간이 노동을 소외시키고 노동으로부터 도망칠 것에 대한 경고인 것이다. 노동은 인간의 본질이며 인간 그 자체이다. 그러한 노동을 운명으로 받아들이고 그 운명으로부터 도망치기 위해 인간은 기계를 만들고 비물질적 허구의 세계로 도피한 것이다. 그 결과 인간은 더욱 수고로운 노동에 처하게 되었다. 이것은 오이디푸스의 운명과 일치한다. 오이디푸스는 신탁과 더불어 태어나고 자신의 운명을 예고하는 그 신탁을 피하여 그 시간과 장소를 이탈한다. 그러나 그는 다시 돌아오게 되고 신탁을 실현시킨다. 그것은 노동을 형벌로 알고 노동을 피하여 기계문명을 일으키고 그에 종속되는 인간의 운명과 정확히 일치하는 것이다. 오이디푸스는 자신이 수수께끼를 풀기는 했지만, 수수께끼를 풀었다는 그 사실이 자신에게 의미하는 바가 무엇인지를 몰랐다. 하여 그는 비극적인 운명의 주인공이 된 것이다. 이것은 인간이 창조주로부터 독립하는 자의식을 가지고는 있으나, 자의식을 가지고 있다는 그것이 무엇을 의미하는 지를 반성하지 않고 모르는 상황과 다를 바 없는 것이다.

노동으로부터 도망치고 있는 인간의 운명도 이와 같을 것이다. 인간은 이렇게 노동으로부터 도망쳐서 노동이 아닌 것들로 즐기고 있는 것이다. 그것이 들뢰즈가 말하는 미학적 실존인 것이다.

들뢰즈는 플라톤 뒤집기에서 가장 심오하게 노동에 대한 새로운 해석을 내리고 있다.

> 신은 인간을 그의 이미지와 그와의 유사성을 따라 창조하였지만, 인간은 죄를 범함으로써 신의 이미지를 간직하면서도 그와의 유사성을 잃어버렸다….

> 즉 죄로 인해 우리는 환영들 환상들이 되어버린 것이다.

> 그렇다면 이 경우 우리는 미학적인 실존으로 들어가기 위하여 도덕적인 실존을 잃어버린 것은 아닐까?

들뢰즈, 『플라톤주의를 뒤집기』

물론 인용한 문장에서 노동이라는 말은 없다. 플라톤 뒤집기를 다 읽어도 노동이라는 말은 나오지 않는다. 그렇다면 어떻게 이와 같은 문장이 노동에 대한 새로운 해석으로 제시되는가? 그것은 인간이 미학적인 실존으로 들어가기 위하여 잃어버린 도덕적인 실존의 길이란 노동외의 다른 것을 생각할 수가 없기 때문이다. 미학적 실존이란 예술 하기 즐기기를 지시하고 있다. 인용문에서 도덕적 실존의 과 미학적 실존은 서로 상반되는 것이다. 도덕은 노동에, 미학을 예술에 대입해 생각할 수밖에 없다. 미학적 실존이란 아름답다고 환상되는 것들, 허구를 통하여 즐기는 것을 말한다. 그것은 존재놀이이다. 릴케식으로 표현한다면 인간은 존재의 응석받이 인 것이다. 존재의 응석받이라는 표현은 창조주를 전제로 한다.

우리가 이성의 지배에 완전히 복종하지 않고 도덕적 실존을 거부 할 수 있는 방법이 곧 들뢰즈가 말하는 즐기기와 쾌락의 추구로서의 미학적 실존인 것이다. 그에 반하여 노동은 이성에 따르는 것이다. 노동은 대상 사물의 생리를 파악하고 그를 이용하는 기술이 필요하다.

인간을 둘러싸고 있는 세계에는 자연과 문화, 자연에서 문화로 건너오는 다리라고 해야 할 노동이 있을 뿐이다. 자연은 노동이라는 다리를 건너 문화로 들어와야만 한다. 인간의 실존은 필연적으로 미학적일 수밖에 없다. 그 이유는 이미 화이트헤드가 제시하고 있다.

> 나는 이제 환경에 대한 이러한 능동적 공격에 대한 설명은 3중의 충동, 즉 살기 위한 충동, 잘 살기위한 충동, 보다 더 잘살기 위한 충동이라고 서술한다.

> 사실 삶의 기술이란 첫째로 살아있는 것이고 둘째로 만족스러운 방식으로 살아있는 것이며 그리고 셋째로는 만족을 증가시키는 것이다.

『이성의 기능』

잘 살기 위한 충동 속에서 만족을 증가시키는 것이야 말로 미학적 실존인 것이다.

화이트헤드의 인용문에서 환경에 대한 능동적 공격이란 실천이성으로서의, 자연을 가공하는 노동을 의미한다. 만족을 증가시킨다는 것은 예술을 통해서이고 그럴 수 있는 이유는 예술이 복사 가능하기 때문이다. 복사 가능한 이유는 예술이 들뢰즈가 풀라톤 뒤집기에서 말하는 환영과 환상을 반영하기 때문이다. 환상과 환영은

　　한마디로 환영에는 결코 앎이나 올바른 견해… 등이 없다는 것
이다. 국가의 한 텍스트는 이러한 이유에서 사용자에게는 앎을, 그
리고 제조업자에게는 올바른 견해를 부여하지만 반대로 환영의 인
간은 앎과 견해를 벗어난 일종의 기이한 만남에로 내쫓아버린다.

『플라톤주의 뒤집기』

그러므로 예술을 통하여 어떠한 자각이나 견해를 가진다 해도
그것은 일시적이고 예술에 몰두하여 즐기기만 하면 되는 것이다.

노동이 신을 배신한 것에 대한 형벌로 되어버린 상황에서 들뢰
즈의 이러한 해석이야 말로 가장 심오하고도 옳게 노동을 해석하고
있는 것이 되는 것이다.

인용문의 앞에서 들뢰즈는 소피스테스에 전개된 플라톤의 나눔
의 변증법을 소개한다.

　　소피스테스에서 플라톤이 나눔의 방법을 쓰는 것은 역설적이게
도 <파이드로스>나 <정치가>에서 처럼 정의로운 주장자를 평가
하기 위해서가 아니라, 그와는 반대로 그 모습 그대로의 거짓된 주
장자를 몰아세우기 위해, 그리고 환영의 존재(또는 차라리 비존재)
를 정의하기 위해서이기 때문이다.

『플라톤주의 뒤집기』

소피스테스는 실재에 관한 논구를 통하여 비실재/비존재를 탐구
하고 있는 저술이다. 이를 거꾸로 말해도 상관은 없다.

들뢰즈에 의하면 소피스테스에 전개된 플라톤의 나눔의 변증법은

　　그것은 올바른 사본과 그릇된 사본을 구분하면서, 또는 차라리

언제나 근거 있는 사본과 언제나 다름 속에 깊이 잠긴 환영을 구분
하면서 주장자들을 선별하는 것이다. 다시 말해서 그것은 곧 환영
에 대한 사본의 승리를 보장하는 것이다.

『플라톤주의 뒤집기』

계속하여 들뢰즈는 환영에 대한 사본의 승리가 보장되어야 하는
조건들을 분석을 하고 있다.

여기에서 사본은 물질/물질적이고 환영은 비 물질이라는 것을 염
두에 두어야겠다.

따라서 하나의 사본을 판단하기 위해서는 사본이 어떤 것과 유
사한지를 아는 것만으로는 충분하지 못하며, 결국 사본이 어떤 것
과 유사하다고 할 때의 바로 그 어떤 것의 이데아를 인식해야 한다.

이런 의미에서 모든 사본은 그것이 어떤 것과 유사한 한에 있어
서 하나의 주장을 보여주지만, 결국 이때의 주장은 그 모습 그대로
의 이데아와의 보다 심오한 관계 속에서 오로지 이데아에 의해서만
근거가 주어질 수 있다.

『플라톤주의 뒤집기』

사본은 이데아를 완전히 벗어난 것은 아니다. 그 이유는 사본은
물질로 되어있기 때문이다. 그러나 환영은 이데아를 완전히 벗어버
릴 수가 있는데 그 이유는 비물질적이기 때문이다.

이렇게 사본을 분석한 다음 들뢰즈는 환영을 간단히 분석한다.

의심 할 여지없이 환영 역시 일종의 유사성의 결과는 낳는다. 하
지만 이때의 유사성의 결과는 완전히 외적인 집합의 결과와 같은

것이다.

사실 플라톤에 따르면 환영은 사본과 비교해 볼 때 유사성이 배재된 이미지이다.

『플라톤주의 뒤집기』

이데아를 완전히 벗어버린 환영은 차이를 만들어 낸다. 차이란 서로 비슷비슷하지만 다른 것이다. 여기서 환영은 앞서 말한 침대의 경우를 놓고 생각해 볼 때 그 침대를 그린 그림이나 사진에 상응하는데 그림이나 사진은 어떠한 질료에 침대라는 형상을 더한 것으로는 생각되지 않기 때문이다. 따라서 환영은 유사성이 배제 될 수밖에 없는 것이다.

들뢰즈가 분석하고 있는 사본이나 환영들은 다른 것 아니라 허구이다. 그것들은 허구이기 때문에 반복할 수가 있고, 즐길 수가 있고, 시종일관 시행착오를 거듭할 수가 있는 것이다. 그것이 바로 예술이라고 하는 것이고 그렇게 즐기는 것이 미학적 실존인 것이다. 환영이나 환상에 비하여 사본이 이데아를 완전히 벗어나지 않는 이유는 사본이 물질이기 때문이다. 노동은 물질을 대상으로 한다. 여기서 다루어지고 있는 노동은 물질노동이다.

그런데 여기 들뢰즈가 다루고 있는 것을, 다르게 다루고 있는 또 다른 저술이 있다. 조르쥬 바따이유는 <에로티즘>에서 이렇게 쓰고 있다.

노동 또는 이성의 세계가 인간적인 삶의 기초를 구성하는 것은 사실이지만 노동이 우리를 완전히 몰두하게 하지는 못한다. 우리는

이성의 지배에 무한정 복종하지는 않는다. 인간은 노동을 통해 이
성의 세계를 건설하지만 인간의 내부에는 그럼에도 불구하고 언제
나 폭력이 도사리고 앉아있다.

『에로티즘』

바따이유의 이 말은 들뢰즈의 말을 실제적으로 복창하고 있다고
보아도 오류는 없다. 인간을 완전히 몰두하게 할 수 있는 것은 들
로즈가 말하는 미학적 실존이다. 그와 반대로 노동은 인간을 완전
히 몰두하게 할 수 없는 도덕적 이성적 실존이다. 도덕적 이성적
실존으로서 노동은 인간 삶의 기초를 구성하고 있다. 달리 말하자
면 토대를 구성하고 있는 것이다. 반면에 미학적 실존으로서 들뢰
즈가 플라톤주의 뒤집기에서 인용하고 있는 환영 환상 복사물 들은
노동을 토대로 한 상부구조를 이루고 있는 것이다. 그런데 미학적
실존은 어떻게 하여 가능한가를 생각해 보면 바따이유가 말하는 인
간의 내부에 앉아있는 폭력이라고 하는 것이 실은 미학적 실존과
크게 다르지 않다는 것을 알 수가 있다. 미학적 실존은 노동에 대
한 착취를 통해서만 가능한 것이다. 노동에 대한 착취는 자연에 대
한 착취를 수반한다. 즉 노동착취는 항상 자연착취를 수반한다. 노
동의 대상이 자연이기 때문이다. 현대 산업 하에서의 노동은 자연
을 기계와 기술을 통하여 집단적이고 무제한적으로 능률적으로 착
취하는 자연에 대한 폭력인 것이다.

바따이유는 다음과 같이 쓰고 있다.

사실 노동은 그것이 시작된 태초부터 휴식을 수반했었다.

『앞의 책』

우리는 이 명제를 다음과 같이 옳게 수정할 수 있을 것이다.

사실 노동은 그것이 시작된 태초부터 놀이를 수반했었다.

이렇게 수정되어야 하는 이유는 무엇인가? '놀이'가 곧 미학적 실존이기 때문이다. 다시 말하자면 미학적 실존으로서의 놀이와 노동은 태초에 하나였다. 그러던 것이 '예술'이라는 개념을 발견하고 나서부터 인간이 노동에서 놀이를 분리한 것이다. 현대의 스포츠나 무용 음악 미술 등 모든 예술과 오락은 노동의 사본이거나 그 사본을 복사한 것이거나 이다.

그런데 이것은 달리 말하자면 노동의 진화한 양태라고 할 수가 있다. 우리가 아직 눈치 채지 못한 것이 있는데 무기질이라는 하찮은 물질로부터 시작된 자연의 진화가 지향하는 것은 필연적으로 비물질 적인 세계라는 사실이다. 노동 또한 마찬가지이다. 노동의 진화도 물질노동으로부터 비물질 노동으로 향하기 마련인 것이다. 그것은 진화의 법칙상 어절 수 없는 것이다.

그런데 자연을 노동을 통하여 가공하는 그 사물들은 자연과 어떤 관계를 가지게 될까? 예를 들어 나무토막 하나로 되어있는 의자를 두고 생각해 보자. 그 의자는 나무의 사본인가? 아니면 환상인가? 환영인가? 그렇다면 종이는 어떤가? 나무로 종이를 만든다는 것은 극치이다. 그 기술을 모르는 사람으로서는 환상이고 환영이다. 석유에서 섬유를 만드는 것도 그렇다. 그 아름다운 섬유가 석유에서 나온 것이라 생각하기가 어렵다. 이처럼 어떤 대상을 환상이나 환영으로 보는 것은 그 사물의 이치를 모르거나 알더라도 잊어버리는 경우에 한한다.

따라서 예술을 감상하거나 대할 때 사람들은 피동적인 존재가 된다. 그렇지 않고 그런 이치를 알고 있다면 예술을 감상해도 즐길 수가 없게 된다.

플라톤이 "사용자에게는 앎을, 그리고 제조업자에게는 올바른 견해를 부여"하는 이유가 이것이다. 즐기는 것은 사용하는 것과 다르다. 예술은 사용하는 것이 아니다. 사용하자면 그 사용법을 알아야 한다. 여기에서 사용자와 제조업자는 들뢰즈가 말하는 도덕적. 이성적 실존의 존재이다. 예술이 생산하는 것은 인간의 쾌락이다.

전경인 어문연구 ❷

신동엽과 한국문학

신동엽 문학의 원전확정을 통한 1960년대 문화지적도 구축

초판인쇄   2011년 12월 20일
초판발행   2011년 12월 30일
엮은이   신동엽학회
펴낸이   이대현
편 집   박선주
디자인   이홍주
펴낸곳   도서출판 역락
          서울 서초구 반포4동 577−25 문창빌딩 2층
          전화 02−3409−2058(영업부), 2060(편집부) | FAX 3409−2059
          이메일 youkrack@hanmail.net
          등록 1999년 4월 19일 제303−2002−000014호
ISBN   978−89−5556−955−1 93810

정 가   12,000원
* 잘못된 책은 교환해 드립니다.